Às vezes, o destino te dá uma segunda chance no amor.

Segunda chance para o Amor

Série Second Chances - 1

L.P. DOVER

Título Original - Love's Second Chance
Copyright© 2013 by L.P. Dover
Copyright da tradução© 2018 Editora Charme

Todos os direitos reservados no Brasil, por Editora Charme.
Nenhuma parte deste livro pode ser reproduzida, digitalizada ou distribuída de qualquer forma, seja impressa ou eletrônica, sem permissão.
Este livro é uma obra de ficção e qualquer semelhança com qualquer pessoa, viva ou morta, qualquer lugar, evento ou ocorrência é mera coincidência. Os personagens e enredos são criados a partir da imaginação da autora ou são usados ficticiamente. O assunto não é apropriado para menores de idade.

1ª Impressão 2018

Produção Editorial: Editora Charme
Tradução: Sophia Paz
Preparação de texto: Alline Salles
Revisão: Jamille Freitas
Capa/diagramação: Verônica Góes
Foto: Depositphotos

CIP-BRASIL, CATALOGAÇÃO NA PUBLICAÇÃO
SINDICATO NACIONAL DE EDITORES DE LIVROS, RJ

Dover, L.P.
Segunda Chance para o Amor / L.P. Dover
Titulo Original - Love's Second Chance
Série Second Chances - Livro 1
Editora Charme, 2018

ISBN: 978-85-68056-57-8
1. Ficção americana.

CDD 813
CDU 821.111(73)3

www.editoracharme.com.br

Editora Charme

L.P. DOVER

Segunda chance para o Amor

Série Second Chances - 1

Korinne

O que você faz quando não tem mais nada pelo qual viver? Quando o mundo se aproxima de você e rasga sua alma em pedaços, deixando-o morrendo e dolorido por dentro, como recuperar os pedaços que foram espalhados ao vento?

No dia em que perdi Carson, meu mundo ficou cinza e escuro. Minha luz interior morreu quando ele foi tirado de mim. Lembro-me de enxugar as lágrimas com raiva dos meus olhos quando me sentei ao seu lado. Eu queria vê-lo claramente, lembrar de tudo sobre meus últimos momentos com o homem que eu tinha amado, estimado e chamado de meu marido nos últimos dois anos. Estávamos construindo uma vida juntos, e agora isso seria perdido.

Segurando sua mão enquanto ele jazia quebrado e golpeado na cama do hospital, eu não poderia começar a entender o que minha vida seria sem ele. Mesmo Carson sendo tão forte, eu sabia que precisara de toda a sua força sequer tentar resistir. Eu queria tirar essa dor e tomá-la para mim. Ninguém deveria ter que ver a pessoa que ama morrer diante dos seus olhos. Eu sabia que nunca iria esquecer o amor e a adoração em seu olhar quando ele falou as palavras finais em seu último suspiro.

— Eu te amo, Kori — Carson diz para mim, sua respiração rouca e forçada, e eu sei que é agonizante para ele respirar por causa das costelas quebradas.

Seu rosto está quase irreconhecível pelos danos do acidente, mas não importa, sempre vou ver o rosto angelical do meu marido na minha mente. Meu coração quebra em um milhão de pedaços apenas por olhá-lo tão impotente e visivelmente com dor. Se pudesse trocar de lugar com ele para poupá-lo da angústia, eu o faria. Um milhão de vezes.

— Eu te amo tanto, Carson. Você não pode me deixar, por favor, não me deixe.

Eu engasgo quando um soluço escapa dos meus lábios. Tenho que permanecer forte por ele, mas como posso fazê-lo quando ele está enfrentando a morte e eu estou prestes a perdê-lo? Uma lágrima escapa do canto do olho dele e, antes que eu possa falar mais uma vez, ele agarra minha mão com força.

— Shh, não chore. Eu preciso que me prometa...

Eu me inclino sobre ele, desesperada para ouvir o que quer que eu prometa. Prometo-lhe qualquer coisa se isso o mantiver aqui por mais tempo.

— Prometer o quê, Carson? — digo rapidamente, sabendo que o tempo está se esgotando.

O sinal sonoro das máquinas começa a desacelerar... Cada vez mais lento. Desmanchando-me em lágrimas, tento desesperadamente agarrar-me nele, para sentir a vida dentro dele antes que se vá. Como seu tempo pode acabar quando ele ainda tem tanto para viver?

Com lábios trêmulos, beijo-o suavemente, memorizando a sensação em minha mente para que eu sempre possa lembrar. Nosso beijo, o último que iremos compartilhar. Seus olhos se abrem uma última vez e, em seu último suspiro, ele chora.

— Prometa-me que vai... — Mas é tudo que ele consegue dizer.

Fico lá sentada, congelada, atordoada em silêncio, quando vejo que ele não respira mais.

— Prometer o quê, Carson? — grito desesperada.

Eu preciso saber o que ele ia dizer. Pego seu rosto, disposta a colocar vida de volta em seu corpo, mas seus olhos ficam trancados nos meus quando sua alma é libertada. As máquinas começam seu longo e arrastado apito, sinalizando a morte do meu amado marido. Estou paralisada, *dormente no exterior, mas desesperada no interior, enquanto olho para o corpo sem vida do homem que aprendi a amar e adorar. Seu corpo está parado, muito parado. Minhas lágrimas fluem como rios quentes pelo meu rosto, pousando em seu rosto machucado.*

— Eu te amo. Sempre vou te amar.

Eu choro. Meus pulmões estão constritos e o mundo parece estar se fechando em torno de mim. Não consigo respirar, não consigo pensar e, com certeza, não consigo acreditar que meu marido se foi... para sempre. Como vou enfrentar o futuro sem ele? Ele se foi... e, a partir deste momento, também se foi meu coração.

Assim que pensava que seguir em frente era possível, aquele dia e tudo que senti voltava de forma avassaladora como uma praga, me consumindo com a sua dor. Às vezes, eu queria imaginar que tudo era apenas um sonho ruim, mas então a realidade atacava e as memórias do dia em que Carson morreu vinham à tona junto com o medo de que, se eu um dia decidisse amar novamente, estaria condenada a enfrentar o mesmo tormento. Ter esse tipo de dor de novo não era algo que eu queria enfrentar.

Capítulo Um

Korinne
O caminho de volta

— Tem certeza de que quer voltar? Você sabe que pode ficar aqui o tempo que quiser. — O rosto caloroso da minha mãe mostrou sua preocupação e, se fosse como ela queria, eu viveria com ela e meu pai para sempre. Apesar de amá-los, todos nós sabíamos que eu seria infeliz se ficasse lá.

Quando Carson morreu, decidi viver com meus pais por um tempo. Eu precisava sair para tentar lidar com a dor, mas o principal era que eu não queria ficar sozinha. Não tinha irmãos ou familiares próximos em Charlotte, então não tinha outra escolha a não ser ficar com meus pais. Durante seis meses, vivi com eles em sua bela casa no centro histórico de Charleston, Carolina do Sul. Eu adorava lá, mas era hora de ir embora. Depois de colocar o último dos meus pertences no porta-malas do carro, me virei para encarar mamãe. Sempre me disseram que eu parecia com ela, exceto pela cor do cabelo. O meu era loiro dourado, enquanto o dela era de um profundo castanho. Além disso, ambas somos tão teimosas como uma mula, mas minha mãe nunca admitia isso.

— Sei que não preciso ir, mãe, mas não posso mais ficar aqui. Agradeço tudo o que você e papai têm feito por mim, mas tenho que viver minha vida do jeito que eu quero — falei corajosamente.

Ela balançou a cabeça em descrença.

— Mas é justamente isso, Kori. Você não está vivendo! Tem 28 anos

de idade e muito a viver. Já se passaram seis meses desde que Carson morreu. — Com a menção de Carson, eu sabia que minha mãe pôde ver a dor que passou por meu rosto. Sua voz tornou-se suave e preocupada.
— É preciso seguir em frente e colocar sua vida de volta nos trilhos.

Eu tinha ouvido essas palavras dela muitas vezes e, cada vez, precisava de mais autocontrole para manter a calma. Não acho que ela teria dito isso para mim se soubesse qual era a sensação de perder o homem que amava. Rangi os dentes e coloquei um sorriso falso no rosto, como sempre fiz nesta situação. Minha mãe sabia que era forçado, mas não disse nada.

— Estou tentando, mãe. É por isso que voltarei para Charlotte, para que eu possa começar de novo. Vou começar a trabalhar novamente e partir daí — informo a ela. Eu diria qualquer coisa para tranquilizá-la para que eu pudesse ir.

O que eu não lhe disse era que eu *estava* voltando, mas não ia voltar para a minha casa e de Carson. Aluguei um apartamento e planejava ficar lá até que tivesse forças para voltar para casa. Sabia que meus pais iriam descobrir eventualmente, mas, por enquanto, eu não planejava contar. Minha mãe suspirou e me puxou para um abraço apertado. Abraçando-a com toda a minha força, respirei seu perfume maternal, o aroma que tinha sido meu conforto enquanto cresci. Além da minha avó, minha mãe sempre foi meu maior sustentáculo.

— Isso parece ótimo, querida. Você é sempre bem-vinda a voltar na hora que quiser.

Segurei-a perto e ela me olhou nos olhos.

— Eu te amo, ursinha. Você *vai* passar por isso. É forte e tenho fé completa e absoluta em você.

Balancei a cabeça, desviando rapidamente os olhos para que ela não pudesse ver as lágrimas se formando, prestes a cair.

— Eu te amo, mãe — eu disse quando abri a porta do carro. — Vou ligar para o papai quando pegar a estrada para lhe dizer adeus.

— Ele vai gostar disso — ela concordou.

Eu odiava estar sentindo falta dele, mas seu trabalho o havia chamado para uma viagem de negócios. Papai passou a maior parte da minha infância na estrada, então percebi que era por isso que minha mãe e eu éramos tão próximas. Ela era tudo que eu tinha quando criança. Meu pai era um homem difícil de conviver, sempre muito severo e superprotetor. No entanto, depois de estar ali e passar um tempo com ele, percebi que tudo que ele queria na vida era me fazer feliz e garantir que minha mãe e eu tivéssemos o que precisávamos. Minha mãe começou a acenar para mim antes de eu dar ré para sair da garagem. Quando cheguei à estrada, dei uma última olhada no retrovisor. Ela ainda estava acenando, e, enquanto ela desaparecia de vista lentamente, as lágrimas começaram a cair.

Galen
Cupido

— Sr. Matthews?
— Sim, Rebecca? — respondi pelo interfone para minha assistente.

Sua mesa ficava bem do lado de fora da minha porta, então tudo o que tinha que fazer era enfiar a cabeça para dentro para falar comigo, mas ela insistia em usar o interfone. Eu gostava de diverti-la, de modo que responder no interfone era apenas um pequeno preço a pagar. Rebecca estava no início dos 60 anos e era a senhora mais doce que já conheci, com exceção da minha mãe. Ela era uma amiga próxima da família e estava na minha vida desde que eu era menino. Desde que meu pai morreu, ela começou a me chamar de "Sr. Matthews", e não Galen. Tentei convencê-la a parar muitas vezes, mas ela achava que soava mais profissional quando os clientes estavam por perto.

Sua voz estridente saiu do alto-falante.
— Seu irmão está aqui. Devo mandá-lo entrar?

Não esperando ouvir essa notícia, soltei uma risada, incrédulo. Eu não podia acreditar que meu irmão realmente viera.

— Mande-o entrar! — gritei.

Levou apenas alguns segundos até meu irmão, Brady, entrar com tudo no meu escritório com um enorme sorriso no rosto. Seu cabelo castanho-avermelhado tinha crescido desde a última vez que o vi, e agora estava enrolado sobre as orelhas e parecia ligeiramente despenteado. Esse era meu irmão. Vivia como se a vida fosse um parque de diversões: tudo era diversão, jogos e nenhum cuidado. Todo mundo sempre nos disse que éramos completamente diferentes, e era verdade. Eu adorava me divertir e fazer coisas loucas, como ele, mas, às vezes, a vida exigia mais de mim. Com minha agenda de trabalho cheia e Brady vivendo a algumas horas de distância, eu nunca o via, exceto nos feriados. Aquela foi, definitivamente, uma boa surpresa e uma distração de que eu precisava muito.

— *Uau!* — Brady exclamou, com os olhos arregalados enquanto examinava meu escritório.

Sorrindo e estendendo a mão, pensei que fosse me cumprimentar, mas ele ignorou o gesto e caminhou até a janela. Dali de cima, você podia ver toda a extensão do centro de Charlotte. Era uma vista incrível e a única razão pela qual eu tinha escolhido aquela sala em específico.

— É bom ver você também — murmurei sarcasticamente, deixando a mão cair.

Brady riu e me pegou de surpresa, me puxando para um abraço fraternal.

— É bom ver você, irmão. Sabe, acho que cometi um erro em não entrar no negócio da família — brincou.

— Ei, foi decisão sua jogar futebol. Você poderia facilmente ter tido tudo isso também — eu disse, olhando em volta do escritório.

Brady nunca foi de desejar muita responsabilidade, e ele fez questão de evitá-la por todos os meios possíveis. Também não tinha interesse em arquitetura, por isso não teria dado muito certo para ele, de qualquer maneira.

Ele me olhou incrédulo.

— Não acho. Eu gosto de não trabalhar oitenta horas por semana e ter uma vida. Diga-me, quando foi a última vez que você saiu e se divertiu?

Dei de ombros.

— Admito que faz um tempo desde que saí por prazer, mas não é

tão ruim trabalhar tantas horas. Isso me mantém ocupado e... eu adoro.
— Amo fazer o que faço, mas meu irmão estava certo sobre uma coisa: sinceramente, não conseguia me lembrar da última vez que saí e me diverti. — Então, o que o traz aqui mais cedo? A festa é só amanhã à noite — perguntei curioso. — Você nunca chega cedo para nada e, se bem me lembro, você se atrasou para o seu próprio casamento.

Ele soltou uma risada.

— Ei, não posso fazer nada se as chaves do meu carro caíram na privada.

Brady sentou na cadeira em frente à minha mesa e sorriu para mim enquanto apoiou o queixo na mão. Quando meu irmão aparecia, só podia significar uma coisa: problema. Ele tinha 27 anos e ainda era o mesmo piadista de sempre. Eu podia ter só três anos a mais, mas o peso das minhas responsabilidades me fazia sentir uma década mais velho.

— Da última vez que você tinha esse olhar, estávamos na faculdade e quase fomos expulsos por causa dos seus esquemas. O que está planejando agora? — resmunguei, mas, na verdade, eu estava realmente curioso para saber o que ele tinha na manga.

— Bem... — Ele fez uma pausa. — Não sou eu quem está planejando isso, é Jenna.

Jenna é a esposa de Brady, uma mulher muito bonita e talentosa. Meu irmão a conheceu na faculdade e foi arrebatado desde então. Ela é uma artista, e seu trabalho é absolutamente incrível. Toda galeria na área que já expôs suas pinturas vendeu tudo. Havia, provavelmente, cerca de cinquenta de suas obras só no meu andar do edifício.

— Posso perguntar o que sua mulher está planejando? Por favor, me diga que ela não está tentando me juntar com alguém. Acho que tive problemas suficientes com a última — reclamei.

— Sim, sua última namorada era uma cadela. Sempre me perguntei o que você viu nela. Ela tinha um corpo bonito, mas era só isso. Estamos aqui mais cedo realmente porque a melhor amiga de Jenna acabou de se mudar de volta de Charleston. Ela queria passar algum tempo com ela e perguntou se você se importaria se nós a levássemos para a

SEGUNDA CHANCE PARA O AMOR

festa. — Isso, definitivamente, me chamou a atenção, e meus olhos se arregalaram com a menção da "melhor amiga" de Jenna. — Eu conhecia sua melhor amiga, e muito bem. Não pude evitar os pensamentos circulando pela minha mente com a possibilidade de ver aquela mulher de novo. A última vez que a vi foi há anos e ela tinha acabado de se casar.

— O marido está vindo com ela? — perguntei ceticamente.

Por mais que vê-la fosse ser incrível, eu realmente não queria vê-la com o marido.

Respirando fundo, Brady soltou um grande suspiro. Uma carranca agora desfigurava seu rosto e seus olhos ficaram tristes. Não sabendo o que esperar, eu não estava preparado para ouvir as palavras seguintes.

— Esse é o problema, Galen. O marido de Korinne faleceu cerca de seis meses atrás. Ele sofreu um acidente de carro e teve ferimentos internos graves. Ela ficou arrasada e se mudou de Charlotte para viver com os pais em Charleston por um tempo. Nós acabamos de saber que ela voltou e Jenna teve essa ideia louca de que, se juntássemos vocês dois, isso ajudaria sua amiga. Aparentemente, Korinne não está lidando muito bem com a perda.

Esta notícia surpreendeu-me a ponto de me calar. Eu não poderia evitar sentir uma pontada de raiva pela tragédia, raiva por ninguém ter me contado e pela dor pela qual Korinne teve que passar. Brady deveria ter imaginado que eu gostaria de saber.

— Por que ninguém me contou? — exigi, incrédulo.

Meu irmão deu de ombros, e ficou claro em seus olhos que ele percebeu que deveria ter me dito sabendo que, se envolvia Korinne, eu iria querer saber. Eu conseguia lembrar como se fosse ontem. Quando estávamos na faculdade, seu cabelo loiro era longo e ondulado, passando um pouco dos ombros, e seus olhos cinza-esfumaçados podiam ver diretamente através da alma de alguém. Ela também era muito divertida, uma jovem carinhosa com um coração tão apaixonante que faria qualquer homem cair duro por ela. Eu caí, tanto que até hoje ainda pensava nela muitas vezes. Pouco tempo depois de Jenna começar a namorar meu irmão, eles me apresentaram a Korinne. Antes de ela decidir se transferir para uma escola de Design em Raleigh, passamos

L.P. DOVER

muito tempo juntos e ficamos bem próximos, embora soubéssemos que estávamos condenados a terminar. Sabíamos que um relacionamento de longa distância seria tedioso e complicado, portanto, nos divertimos de forma casual tanto quanto pudemos no início. Não funcionou por muito tempo porque os sentimentos começaram a florescer em ambos, e não havia nenhuma maneira de eu me segurar depois disso. Apaixonei-me completamente. Na noite antes de ela ir embora, apareci em seu apartamento para lhe dizer adeus. Nós dois estávamos devastados e com o coração partido e uma coisa levou à outra. Embora já tivéssemos transado muitas vezes antes, havia algo naquela noite que me atraiu mais, contra meu melhor julgamento. Eu precisava dela, e ela precisava de mim. Segurei-a enquanto ela chorava, e fiz amor com ela durante toda a noite. Sabíamos que não haveria outra chance, portanto, tiramos a noite para nós dois.

Brady hesitou e, finalmente, respondeu:

— Não sei por que eu não disse nada. Foi realmente trágica a forma como tudo aconteceu. Jenna estava com o coração partido por sua amiga, e nós simplesmente não discutimos isso por um tempo. Estou te dando um aviso justo, embora... Jenna esteja em uma missão, e tenho certeza de que você pode imaginar qual missão é.

— Eu só queria que tivesse me dito. Provavelmente não havia nada que eu pudesse ter feito, mas teria sido bom saber. — Fiz uma pausa para deixar isso assentar e então perguntei: — Então, Jenna está pensando em bancar o cupido de novo?

Balançando a cabeça timidamente, Brady sorriu.

— Se eu pudesse impedi-la, eu o faria, mas você sabe como ela fica. É uma mulher determinada.

— Acho que posso lidar com isso e com qualquer outra coisa que sua esposa tenha em mente. Na verdade, estou ansioso, mas me pergunto o que Korinne irá dizer sobre tudo isso.

— Ninguém dirá nada. Jenna estava nervosa para perguntar a ela. — Rindo, Brady levantou-se. — Bem, é melhor eu ir, já que tenho certeza de que você está morrendo de vontade de voltar ao trabalho.

SEGUNDA CHANCE PARA O AMOR

— Muito engraçado, irmãozinho. Acho que verei todos vocês amanhã à noite.

— Eu não perderia isso. — Ele foi em direção à porta, mas parou e virou-se. — Ah, sim, eu tenho outro favor a pedir — ele disse, se encolhendo.

— O que você quer agora? — questionei.

— Jenna ficará com Korinne esta noite. Você se importa se eu ficar na sua casa? Realmente não quero ficar com a mamãe — ele implorou.

Balancei a cabeça, exasperado.

— Por favor, me diga que pensou sobre isso. Se ela descobrir que você está na cidade e não ficará lá, nunca vai te deixar esquecer.

Brady gemeu e assentiu.

— Eu sei, é só que, às vezes, ela me deixa louco.

O ano anterior tinha sido duro para minha família. Meu pai falecera havia cinco meses, e todos sentimos esse baque muito forte, especialmente minha mãe. Felizmente, ela parecia estar se recuperando. Eu, no entanto, tinha herdado os negócios da família e, com isso, veio um monte de responsabilidade. Pegando as chaves da gaveta da mesa, entreguei a da minha casa a Brady. Ele a pegou com entusiasmo e olhou-a como se fosse um tesouro.

— Não mexa em nada enquanto estiver lá, está me ouvindo? Não quero que seja como da última vez, quando consertar tudo me custou centenas de dólares — ordenei em tom sério.

— Você não tem nada com que se preocupar — prometeu.

Sim, certo, pensei.

Assim que meu irmão saiu, fui deixado com o silêncio do meu escritório, enquanto pensamentos sobre Korinne e nossa última noite juntos passavam uma e outra vez por minha mente. Amanhã, eu faria o coquetel trimestral para meus funcionários e, pela primeira vez, estava realmente ansioso por isso. A pergunta era... será que Korinne também estaria ansiosa?

Capítulo Três

Korinne
A visita inesperada

As caixas na sala me cercaram, e não havia quase nenhum lugar para caminhar, ou mesmo ver o chão. O desejo de descompactar ou decorar qualquer coisa não era algo que eu queria fazer. O que era irônico nisso era que decoração era o que eu mais amava antes de Carson morrer. Ser contratada para decorar como meio de vida tinha me dado fama nessas partes do estado. Revistas me deram destaque, e os jornais tinham publicado artigos sobre meus talentos. No entanto, tudo isso parecia um sonho agora. Eu não me sentia mais como aquela pessoa. Quando Carson morreu, minha ambição de fazer qualquer coisa morreu junto com ele. Pensei que voltar para casa me ajudaria a encontrar meu caminho para aquela centelha novamente. Queria ter minha vida de volta, uma na qual eu poderia ser feliz. Era apenas o medo que me mantinha cativa.

Aluguei um apartamento mobiliado no bairro do sudeste de Charlotte, Carolina do Norte. Era um dos menores apartamentos do prédio, mas eu não precisava de espaço extra. Preferia o pequeno porque qualquer coisa mais espaçosa teria feito a solidão parecer maior. Meu telefone tocou, me tirando dos meus devaneios. Olhando para a tela, vi que era minha amiga de longa data, Jenna Perry, agora Matthews, desde que se casou. O nome na tela era "Twink", o apelido que ela ganhou na faculdade. Algumas noites bêbadas nos deram apelidos bastante ridículos. O meu era "Ducky" e Jenna gostava de usá-lo. Nós nos conhecemos na faculdade e nos tornamos amigas instantaneamente. Mantivemos contato depois que me transferi, e nos vimos muitas vezes. Quando ela casou com Brady, eles se mudaram para uma cidade a algumas horas de distância. Eu sentia muito a falta dela, e desejava a cada dia que ela pudesse estar aqui comigo.

Ouvir a voz dela era exatamente o que eu precisava.

— Ei, Twink.

— Onde você está? — ela perguntou, soando impaciente e preocupada. — Liguei para seus pais algumas horas atrás e eles disseram que você decidiu voltar para casa. Por que não me contou?

Suspirei.

— Porque eu não queria te incomodar. Não achei que seria grande coisa.

— Bem, é grande coisa quando eu dirijo até sua casa e ela parece uma cidade fantasma. Você não está aqui, então onde está? — ela ordenou novamente com mais força em seu tom. — O que está acontecendo?

— Espere! — exclamei. — Você está na cidade? Não sabia que você estava vindo.

— Sim, vim para te ver, sua boba. Agora, pare de se esquivar da pergunta. Onde você está?

Eu tinha esperança de manter minha situação em segredo, mas, na verdade, é um segredo que não poderia ser mantido por muito tempo. Afundando no couro frio do meu sofá duro, decidi que era melhor tentar explicar à minha amiga o quanto eu tinha sido fraca, e como não poderia lidar com o fato de morar na casa que dividia com Carson.

— Não consegui, Twink. Pensei que poderia ir para casa, mas não acho que possa enfrentar isso sozinha. Simplesmente não estou pronta. Aluguei um apartamento não muito longe da casa e vou ficar aqui por alguns meses até que me reerga.

Se há alguém para quem eu poderia admitir minhas fraquezas seria Jenna, mas soar tão fraca me matava. Eu sempre tinha sido a mulher forte e teimosa entre meus amigos. Sempre a líder, aquela que assumia o comando e não levava desaforo de ninguém. Onde estava aquela mulher, aquela que era forte e destemida? Como poderia recuperá-la, e quanto tempo iria levar para me sentir normal de novo?

— Dê-me o seu endereço e eu vou. Só para você saber, vou passar a noite porque amanhã temos grandes planos. — Ela gritou a última parte no meu ouvido, então, obviamente, estava animada com alguma coisa.

Eu gemi.

— De que tipo de plano você está falando? — Conhecendo-a, poderia ser qualquer coisa.

— Eu vou te contar mais tarde, mas por enquanto vamos ter um momento de garotas. Vou levar sorvete e massa de biscoito! — ela gritou.

Eu conseguia imaginá-la pulando com um sorriso bobo no rosto. Isso tornou difícil, para mim, não sorrir e, se alguém poderia me fazer sorrir, seria ela. Depois de dar-lhe o endereço, ela disse que estava indo e desligou. Eu me perguntava que planos eram esses para a noite seguinte.

Korinne
O início

— Que tipo de festa é essa que vamos que me obriga a me vestir assim? — perguntei ceticamente.

Obviamente se divertindo, Jenna sorriu para mim, piscando para dar ênfase.

— Ducky, pare de se preocupar. Você está fantástica. — Ela sorriu docemente.

Observei-a enquanto dava os toques finais em sua maquiagem e ajeitava seus cachos castanhos até que ficassem perfeitos.

O vestido que Jenna me fez vestir era muito bonito e perfeitamente apropriado para o clima, uma vez que era uma noite fria de março. O tubinho preto de malha se moldava confortavelmente em minhas curvas suaves, mas me dava uma pequena sensação de coceira chata. Felizmente, eu sabia que iria me acostumar. Jenna veio por trás de mim e colocou um cinto largo prateado em minha cintura e abotoou-o atrás. Resmungando por sua insistência, eu sabia que era inútil discutir com ela. Tinha discutido por uma hora, enquanto ela fez meu cabelo e maquiagem. Quando Jenna entra no modo determinado, não há nada que se possa fazer para impedi-la.

Depois que Carson morreu, não havia razão para me arrumar e sair. Parecia inútil, porque eu sabia que iria passar o tempo todo deprimida, enquanto outros casais estavam juntos e se divertindo. Eu adorava sair à noite com Carson. Gostávamos de comer em um dos nossos restaurantes favoritos, dar longas caminhadas no parque e, então, voltávamos e conversávamos por horas no pequeno cais atrás da nossa casa com vista para o lago. Em seguida, entrávamos e fazíamos amor até o nascer do sol na manhã seguinte. Eu sentia falta da forma como suas mãos tocavam meu corpo, e seu gosto quando ele me beijava. Saber que eu nunca iria sentir essas coisas novamente com meu marido enviava uma pontada de dor bem no meu coração. Por que memórias têm que doer? Elas eram boas recordações, mas a dor ainda machucava meu peito. Eu não queria me sentir desse jeito. Tudo que eu queria era ser feliz.

— Korinne! Kori! — Jenna gritou.

Saindo dos meus pensamentos, olhei para Jenna com os olhos arregalados e soltei:

— Por que você está gritando comigo? Estou bem aqui!

— Eu sei, mas estive falando com você nos últimos cinco minutos. Quando te olhei, era como se estivesse em outro mundo. Você está bem? — Sua voz assumiu o tom maternal que ela sempre tinha quando estava preocupada.

Colocando as mãos em meus ombros, Jenna virou-me para encará-la. Seus suaves olhos castanhos me avaliaram com preocupação e simpatia, e isso me fez lembrar da minha mãe porque ela tinha passado os últimos seis meses olhando para mim da mesma maneira.

— Vou ficar bem — assegurei a ela, segurando as lágrimas o melhor que pude. — Só fui pega por algumas lembranças. Não saí desde o meu último encontro com Carson, por isso dói saber que esta será minha primeira vez sem ele.

Ela concordou e disse baixinho:

— É compreensível. Sei que vai ser difícil voltar à pista, mas tenho fé em você. Você consegue fazer isso. Brady mandou uma mensagem e disse que estará aqui em cinco minutos.

Brady e Jenna se conheceram na faculdade e agora eram muito bem casados. Costumávamos nos divertir muito juntos na faculdade antes de eu me transferir para uma faculdade diferente. Não muito tempo depois que me transferi, conheci Carson. Foi em um pequeno café perto de Duke, onde ele cursava Medicina. Ele estava em pé muito perto de mim no balcão, então, quando me virei, dei de cara com ele e derramei café em toda a sua roupa. Nem preciso dizer que não foi amor à primeira vista, mas logo virou amor e, em seguida, nos casamos.

O telefone de Jenna tocou, sinalizando que Brady estava lá e eu precisava focar minha mente em tentar me divertir. Endireitando os ombros, coloquei um sorriso no rosto e peguei minha bolsa.

— Vamos — insisti, com um entusiasmo forçado.

Aquela noite seria meu primeiro passo gigante para retomar um pouco de vida normal.

Brady estava esperando por nós no seu carro e, claro, seus olhos se iluminaram no momento em que viu Jenna. Quem não o faria? Ela era bonita e inteligente, e estava deslumbrante em seu vestido vermelho justo. O cabelo castanho-avermelhado de Brady tinha crescido desde a última vez que o vi, mas seus olhos azuis da cor da noite ainda eram os mesmos. Ele era um jogador de futebol aposentado aos 27 anos, cuja carreira terminou por causa de uma lesão durante seu primeiro ano. Agora, ele treinava uma equipe de futebol do Ensino Médio na escola local, e Jenna dissera que ele realmente amava.

— É bom vê-la novamente, Korinne — afirmou calorosamente, abrindo a porta do carro para mim. — Espero que esteja animada para esta noite. — Seu tom de voz me deixou curiosa, como se ele estivesse tramando algo. O mais provável era que estivesse porque costumava agir da mesma forma quando estávamos na faculdade.

— Obrigada. É bom vê-lo também — eu disse, estreitando os olhos para ele.

Deslizei para o banco traseiro e ele me deu um sorriso de lobo antes de fechar a porta. Ah, sim, algo estava acontecendo. Ele beijou Jenna na bochecha antes de abrir a porta para ela entrar na frente. Podia ser um piadista completo, mas sempre o vi tratar Jenna com o máximo de cuidado e respeito. Suas personalidades complementavam-se perfeitamente.

— Vocês dois parecem surpreendentes juntos — sussurrei.

— Ele tem seus momentos — Jenna admitiu, olhando para o marido quando ele deu a volta para o seu lado do carro. — Mas não tenho dúvida de que qualquer dia desses alguém vai entrar em sua vida e curar seu coração.

— Eu não contaria com isso — murmurei.

— Vamos ver. — Ela sorriu.

Uma vez que Brady estava no carro e estávamos a caminho, decidi tentar descobrir o que estava acontecendo.

— Brady? — comecei.

— Sim. — Ele rapidamente me respondeu, mas depois virou o rosto de volta para a estrada.

— Jenna não vai me dizer para onde estamos indo. Você seria mais amável e me diria? — falei, olhando Jenna de lado. Ele e Jenna se entreolharam e pareceu que conversaram silenciosamente.

Quando Jenna deu o olhar final, Brady jogou as mãos para cima e suspirou.

— Acho que não podemos manter isso em segredo por muito tempo — ele anunciou. — Por que você sempre deixa as partes complicadas para mim? — perguntou a Jenna, encarando-a. Voltando a conversa para mim, ele, casualmente, explicou: — Meu irmão nos convidou para um coquetel que sua empresa sempre dá em apreço aos empregados. Desde que ele assumiu, faz isso para todos. É a sua maneira de retribuir-lhes por trabalhar tão duro.

— Você não pode estar falando sério — gritei, surpreendida e assustada ao mesmo tempo. — Eu ouvi direito? Estamos falando de Galen, certo?

— Sim. — Brady sorriu timidamente.

Meu coração começou a bater rapidamente e meus nervos agitados me deixaram tremendo. Eu não via Galen desde o casamento de Jenna e Brady, e lembrei-me de estar nervosa por isso, porque ele ia me ver com Carson. Ele tinha seguido em frente com outra mulher, que conheci no casamento. Era uma morena altiva que me lançou olhares malvados o tempo todo, e eu não conseguia parar de me perguntar por que Galen tinha se misturado com uma cadela assim.

— Ele sabe que estou indo? — perguntei nervosamente.

Brady assentiu.

— Sim, sabe. Falei com ele sobre isso ontem. Acho que ele está feliz de te ver novamente.

O que vou dizer a ele quando o vir?, refleti comigo mesma. Lentamente, recostei-me no banco quando nos aproximamos do centro de Charlotte. Quando me formei na licenciatura em Design de Interiores, sempre pensei que iria trabalhar na empresa de arquitetura líder da área. Acontece que esse é o negócio da família de Galen. Seu pai tinha construído do zero até o sucesso gigante que era hoje. Sempre esperei uma ligação deles, mas nunca aconteceu.

Estacionamos do lado do enorme arranha-céu da M&M Construção e Design. Havia manobristas em abundância naquela noite, e esperavam ansiosamente os convidados. Toda vez que vejo manobristas, tenho um momento Ferris Bueller. Como, por exemplo, a parte do filme na qual os dois homens pegam o carro esportivo vermelho para um passeio enquanto Ferris e seus amigos aproveitam o dia no centro. Às vezes, eu me perguntava se essas coisas aconteciam na vida real.

— Tudo bem, senhoras, vamos! — Brady chamou.

O lobby onde entramos me fez congelar no lugar. Se houvesse um paraíso no mundo do design, seria ali. Eu nunca tinha visto algo tão impecável em todos os meus anos de decoração, mas o que me chamou a atenção foram as diversas pinturas. A arte de Jenna estava espalhada por toda parte, e eu sabia que era dela porque tinha visto seu trabalho em muitas ocasiões. *Como ela nunca me disse nada sobre isso?*, eu me perguntei.

— Kori, pare de ficar de boca aberta e vamos lá — Jenna soltou de brincadeira.

Apertei os olhos para ela.

— Você tem um monte de explicações a dar.

— Eu sei, e vou dizer-lhe tudo mais tarde, mas já estamos atrasados.

SEGUNDA CHANCE PARA O AMOR

Olhando na direção de Brady, eu disse com firmeza:

— Sim, e todos nós sabemos por que estamos atrasados.

Jenna riu quando os segui para os elevadores. Não me surpreendi quando vi Brady apertar o botão do último andar. Quando as portas se fecharam, subimos pelas dezenas de andares até o elevador finalmente abrir. Fiquei espantada ao ver que havia centenas de pessoas zanzando na vasta extensão do ambiente. Era uma sala de estilo aberto com mesas alinhadas em todos os lugares, bebidas e comidas decorando cada superfície e parecendo muito boas. Todo o ambiente tinha janelas de vidro, e aposto que, se eu fosse em qualquer uma delas, veria o centro e mais um pouco. Poderia ver meu apartamento de lá também.

— Senhoras, se divirtam e se misturem. Vou encontrar meu irmão — disse Brady antes de pegar uma taça de champanhe da mesa.

Jenna e eu pegamos uma também, e fiquei feliz por beber. Eu provavelmente iria precisar de mais de uma para acalmar meus nervos ansiosos.

— Vamos pegar algo para comer. A comida parece incrível! — exclamou Jenna.

Comemos algumas coisas das muitas mesas, e tive que admitir que a festa estava impressionante. Já tinha ido a algumas convenções de design, mas nunca a uma tão grande. Deve ser difícil encontrar empregadores que fazem este tipo de coisa para seus funcionários. Aposto que todos amavam Galen. Sei que eu o fiz anos atrás.

Olhando para as luzes bonitas do centro da cidade, Jenna e eu ficamos ali com nossas bebidas e admiramos a vista.

— Está nervosa por vê-lo novamente? — perguntou Jenna.

Eu ri.

— Você não tem ideia. Faz muito tempo que não o vejo.

Jenna esfregou meu ombro e sorriu.

— Tenho certeza de que vocês dois vão ficar bem.

— Você não está tentando me juntar com ele de novo, não é? — perguntei.

L.P. DOVER

Jenna evitou todo e qualquer contato visual comigo, e isso era resposta suficiente. Antes que eu pudesse protestar, vi o reflexo de Brady na janela. Caminhando ao lado dele, estava seu irmão, Galen. Um arrepio percorreu minha espinha, me fazendo tremer, e não foi por causa da temperatura. O olhar de Galen nunca deixou o meu enquanto ele chegava cada vez mais perto. O mundo começou a se mover em câmera lenta enquanto eu estava ali congelada e presa em seu poderoso transe.

Jenna me retirou do torpor, agarrando meu braço e me virando para encarar o homem que eu havia deixado anos atrás. O mesmo homem que eu tinha amado e odiado deixar.

— Kori, olha quem é! — Jenna me soltou e deu a Galen um abraço animado. — É tão bom ver você de novo, Galen!

— Você também, Jenna — ele respondeu, embora seu foco estivesse totalmente em mim.

Galen parecia o mesmo, só que agora estava mais robusto, mas ainda sofisticado. Seu cabelo espetado loiro-acinzentado brilhava sob a luz suave e serena da sala, e seus olhos eram do mesmo azul majestoso que faria qualquer um derreter à primeira vista. Eles eram tão claros que pareciam quase mágicos e, por um momento, lá estava eu começando a pensar que a magia estava me balançando. Galen sorriu, provavelmente porque eu o estava olhando, mas, por algum motivo, eu não conseguia mover-me e muito menos pensar.

— Obrigada por me deixar vir, Galen — gaguejei, sem jeito.

Eu não sabia se deveria abraçá-lo ou estender minha mão, então fiz o último. Ele pegou minha mão e, em vez de sacudi-la, apenas segurou-a com ternura na sua. Por um momento, esqueci de respirar, e me aqueci com o prazer do seu toque.

— Não precisa agradecer. Estou feliz que você pôde vir. — Ainda segurando minha mão, ele olhou para seu irmão. — Acredita que é a primeira vez que consegui trazer meu irmão para uma das minhas festas?

— Sabe, eu não poderia me importar menos com esse tipo de coisa — Brady ridicularizou ao olhar ao redor da sala, fingindo tédio.

Eu poderia dizer que ele estava mentindo, pelo brilho em seus olhos. Brady nunca foi de não desfrutar de uma boa festa.

— Brady, querido, por que não vamos pegar algo para comer? — Jenna pediu.

Ela piscou para mim pelas costas de Galen, e eu estreitei os olhos para ela, perguntando-me o que ela estava tentando fazer.

Olhando para Jenna, puxei a mão suavemente do aperto de Galen. Não pedi para Jenna bancar o cupido comigo. Mesmo que Galen e eu tivéssemos um passado, não acho que estivesse pronta para qualquer coisa desse tipo. Minhas mãos ficaram suadas e meu coração parecia que estava na garganta.

— Mas você já comeu, Jenna — eu disse com um tom afiado.

Eu sabia que ela tinha, claramente, entendido o que eu quis dizer com esse tom, mas sorriu e rapidamente olhou para Galen antes de olhar de volta para mim.

— Está tudo bem — Galen interrompeu, olhando para seu irmão e minha amiga traidora. — Vou fazer-lhe companhia. Ela estará segura comigo.

Por alguma razão, eu não acreditava nele. Nenhuma parte do meu corpo estava segura com Galen por perto.

Ele agarrou meu cotovelo de leve e me levou para um canto isolado da sala, onde nos sentamos em um sofá vago.

— Estou tão feliz por você ter vindo. Está se divertindo? — perguntou.

Balancei a cabeça ao tomar um gole do meu champanhe.

— Realmente estou. É a primeira vez que saio em um tempo. Você parece estar se dando muito bem — comentei, olhando ao redor.

Encolhendo os ombros, ele sorriu.

— Estou gerenciando muito bem, eu acho.

— Na verdade, estou impressionada com a festa. Aposto que seus funcionários te amam! Quero dizer, olhe para eles — eu disse, observando a multidão. — Parecem felizes, todos sorrindo e rindo. —

Parei, porque estava divagando, e Galen sabia que divago quando fico nervosa.

— Korinne, não precisa ficar nervosa.

Meu rosto ficou vermelho escarlate naquele momento, então baixei a cabeça e mordi o lábio para esconder o embaraço. Galen soltou minha mão e a colocou na minha perna. Seus dedos tocaram minha coxa, o que fez tudo dentro de mim esquentar. Deslocando-me no assento, limpei a garganta e me movi um pouco no sofá para que eu pudesse ter mais espaço.

Encontrando seu constante, mas divertido, olhar, controlei minha voz para falar novamente, algo para tirar a atenção do seu toque.

— Qual é a sensação de ser dono de uma das empresas de arquitetura mais procuradas dos Estados Unidos?

Galen deu de ombros.

— Quando meu pai morreu, foi difícil, mas foi um processo de aprendizagem. Acho que estou fazendo certo. — Ele inclinou a cabeça para o lado e me estudou. — E quanto a você? Ouvi algumas coisas surpreendentes sobre seus talentos. Acredito que te vi em algumas revistas, se não me engano.

Eu sorri.

— Sim, era eu. Parece que foi há tanto tempo. — Ficamos ali sentados em silêncio por um momento, e eu hesitei antes de falar minhas próximas palavras. — Sabe, sempre me perguntei se você um dia me procuraria — eu disse suavemente.

Desviando o olhar, tomei um gole de champanhe. Eu teria adorado trabalhar para M&M, mas, dado meu passado com Galen, sabia que provavelmente não teria sido uma boa ideia. Não acho que Carson teria gostado se eu trabalhasse para um homem por quem eu costumava ser apaixonada.

— Eu procurei — Galen admitiu.

Engasgando com a bebida, tossi algumas vezes quando assimilei sua admissão.

SEGUNDA CHANCE PARA O AMOR

— O que quer dizer? Quando... como? — gaguejei.

Perdido em seu pensamento, Galen coçou o queixo bem barbeado e olhou para o chão.

— Se não me engano, foi cerca de quatro meses atrás, mas me disseram que você tinha tirado uma licença. Presumo que tenha sido após seu marido falecer.

— É verdade — confessei tristemente. — Mas com quem você falou? Nunca soube que ligou.

— Acredito que foi com sua mãe. Eu não queria me intrometer, então te deixei em paz, na esperança de que um dia voltasse para mim — acrescentou.

— Minha vida estava um pouco mais difícil naquela época — eu disse. — Deixei Charlotte e me mudei para Charleston para ficar com a minha família por um tempo.

— Você está de volta ao mercado de trabalho agora? Podemos sempre precisar dos seus conhecimentos — falou, enquanto me cutucava na lateral de forma divertida. Eu poderia dizer que ele estava tentando aliviar o clima.

Sorri para sua brincadeira, mas sabia que meus olhos mostravam a tristeza que senti.

— Na verdade, não estou decorando no momento. Não sinto que estou pronta — admiti suavemente.

— Entendo. Leve o tempo que precisar, mas, quando decidir voltar, certifique-se de me falar — ele implorou.

Eu sorri.

— Vou me lembrar disso.

Galen riu, e vi a covinha na bochecha esquerda que eu costumava amar quando estávamos na faculdade. Meus dedos doíam para tocá-la, e quase estendi a mão para fazer exatamente isso. Felizmente, me contive a tempo e apertei as mãos com firmeza. Isso tudo trouxe de volta as lembranças. Lembranças de um tempo em que éramos despreocupados e felizes, e de uma época em que estávamos sempre juntos. Galen chegou mais perto e pegou minha mão novamente. Suas mãos estavam quentes, e o calor viajou para todas as terminações nervosas do meu corpo. Sentia falta do toque de um homem e o de Galen era um do qual eu me lembrava muito bem. Espere, o que eu estava pensando? Não deveria estar me sentindo assim. Não podia deixar-me apaixonar de novo, mesmo que essa pessoa fosse um homem que eu já tinha amado uma vez.

Jenna e Brady estavam vindo em nossa direção e eu não poderia ter ficado mais feliz. Temi o que meu coração traidor faria se eu ficasse lá com Galen por muito mais tempo.

— Kori, está ficando tarde. Acho que estamos indo. Você está pronta para ir? — perguntou Jenna com um sorriso.

Soltando um suspiro de alívio, rapidamente me levantei e me afastei de Galen. Jenna me salvou de ficar muito perto. Era muito perigoso ficar perto dele.

— Eu posso te levar para casa, se quiser ficar — Galen ofereceu.

Meu coração gritou para eu ficar, mas minha cabeça estava me dizendo para ir embora e nunca mais olhar para trás. Olhei de Galen para Jenna. Ambos pareceram esperançosos, mas eu sabia que estava prestes a acabar com sua alegria.

— Estou um pouco cansada. Acho que vou voltar para casa — decidi timidamente.

— Estarei fora da cidade nas próximas três semanas, mas adoraria te ligar quando eu voltar. Talvez pudéssemos tomar um café ou jantar — sugeriu.

Galen procurou em meu rosto uma resposta, mas mantive minha expressão serena. Minhas emoções estavam por toda parte e eu não sabia exatamente como deveria me sentir. Era tudo tão confuso.

— Vamos ver. — Foram as únicas palavras que pude dizer.

— Quando estiver pronta — Galen ofereceu.

Sorrindo para ele, me virei para seguir Brady e Jenna para os elevadores. Antes de as portas se fecharem, a última coisa que vi foram os penetrantes olhos azuis de Galen olhando diretamente em minha alma e em meu coração.

SEGUNDA CHANCE PARA O AMOR

Capítulo Cinco

Korinne
Três semanas

Três semanas se passaram sem nenhuma palavra de Galen. De certa forma, eu secretamente desejava que ele ligasse, mas também pensei que seria bom se ele não o fizesse. Nosso relacionamento estava cheio de calor e paixão quando estávamos juntos, e eu sabia que, se continuássemos de onde paramos anos atrás, não haveria como proteger meu coração. Meu telefone tocou, e vi que era uma mensagem de texto de Jenna.

Twink: *Ele já ligou?*

Eu: *Não.*

Twink: *Dê um tempo, tenho certeza de que vai ligar.*

Eu: *Pode ser melhor se ele não o fizer.*

Twink: *Sim, sim. Continue dizendo isso.*

Meu telefone tocou apenas alguns segundos após a última mensagem, então eu estava supondo que fosse Jenna querendo discutir comigo. Infelizmente, não olhei para o identificador de chamadas antes de atender.

— Deixe-me em paz, Jenna! — gritei ao telefone.

— Korinne? — uma voz profunda e masculina disse na outra extremidade.

Afastei o telefone do ouvido para olhar para o número, não o identificando, mas reconheceria aquela voz em qualquer lugar.

— Oi! Sim, é a Korinne. Sinto muito por gritar no seu ouvido, mas posso saber quem é? — perguntei, tentando soar como se não soubesse quem era.

— Por favor, não me diga que já se esqueceu de mim? — ele brincou.

— Galen? — perguntei, soando surpresa.

— Sim, sou eu. Eu disse que iria te ligar quando voltasse à cidade. Não acreditou em mim?

— Sinceramente? Não, não achei que ligaria — confessei.

— Você teria preferido que eu não tivesse ligado?

Hesitei.

— Não, não é isso.

Galen suspirou em descrença.

— Você me conhece melhor do que isso, Kori. Podem ter se passado anos desde que nos falamos, mas ainda sou o mesmo. — Ouvir a confissão e a forma como sua voz soou profunda e masculina com um toque de desejo e anseio fez meu coração sentir coisas que não deveria. — Ei, olhe... quais são seus planos para hoje à noite?

Fiz uma pausa por alguns segundos antes de responder:

— Humm... acho que nenhum.

— Ótimo! — exclamou. — Vou buscá-la às sete horas. Ah, sim, certifique-se de usar roupas confortáveis. Camiseta e jeans seria perfeito. — Ele parecia animado, e admito que eu estava curiosa. Ele sempre foi divertido e espontâneo, e lembro-me de amar isso nele.

— Galen, não sei quais são suas intenções, mas vou como amiga. Espero que entenda. — Ele tinha que saber que não poderia continuar de onde as coisas pararam.

— Korinne — ele falou baixinho. — Entendo mais do que você imagina. Estou perfeitamente bem com o fato de ir devagar. Vamos apenas sair e nos divertir um pouco. Nós dois estamos precisando.

— Então, está marcado — concordei feliz e, pelo menos por enquanto, eu sabia que estava a salvo.

Galen chegou pontualmente para me pegar e fiquei surpresa ao ver que ele veio na velha caminhonete azul que tinha quando estávamos na faculdade. Eu não podia acreditar que ele a manteve todos esses anos.

— Com todo o dinheiro que você tem, acho que poderia comprar um carro mais novo — provoquei.

Ele zombou de brincadeira e acariciou o painel.

— Não me diga que não sentiu falta da velha caminhonete azul. — O canto de seu lábio subiu em um sorriso e ele se virou para olhar para mim. — Tenho outros carros, Korinne, mas pensei que você gostaria de ver a Azulona novamente. Ela tem sido deixada de lado por muito tempo.

— Não ligo para o carro que você dirige, Galen. Azulona está perfeitamente boa. Te dá personalidade. A maioria dos homens com a sua quantidade de dinheiro estaria exibindo-se como um louco e usando-o para impressionar as pessoas. Você nunca foi assim, e estou feliz por não ser assim agora — admiti de coração.

Ele sorriu calorosamente para mim e, pelo resto do caminho, continuamos em silêncio. Não demorou muito para que chegássemos ao nosso destino. Olhando para fora da janela, meu queixo caiu no instante em que vi a placa do edifício. Então entendi por que ele me disse para usar jeans e camiseta. Era porque estávamos em uma pista de corrida coberta.

— O que exatamente estamos fazendo aqui? — perguntei, curiosa e confusa.

Os carros de corrida naquele lugar eram conhecidos por serem rápidos e poderosos. Certamente, ele não estava esperando que eu corresse em um. Galen deve ter notado minha hesitação, porque pegou minha mão e tentou desesperadamente não rir de mim. Ele falhou de forma miserável.

— Confie em mim, você vai ficar bem. Faz muito tempo desde que estive aqui, mas é muito divertido. Você vai gostar.

Ele colocou uma mecha de cabelo atrás da minha orelha e, para minha surpresa, me inclinei em seu toque. Essa reação não era o que eu estava esperando, mas o que realmente me preocupou foi que gostei. *Recomponha-se, Korinne*, pensei comigo mesma.

Nenhuma palavra foi dita enquanto nós dois sorrimos um para o outro antes de sairmos da caminhonete. Pegando as duas mochilas do banco de trás, Galen as carregou para dentro. Chegamos ao balcão e nos entregaram termos de responsabilidade antes de começarmos. Se eu estava com medo antes, isso me deixou ainda mais ansiosa. Apertando meu ombro, Galen sussurrou em meu ouvido:

— Você vai ficar bem. Basta relaxar e se divertir, ok?

Respirando fundo, dei-lhe um aceno de cabeça antes de assinar minha vida na linha pontilhada.

— Se eu morrer, vou assombrá-lo em seu sono — prometi.

Ele riu.

— Pare de ser dramática. Eles têm que fazer todos assinarem esses formulários apenas no caso de algo acontecer. Até onde sei, ninguém jamais se machucou aqui.

Eu costumava não pensar duas vezes antes de fazer coisas como esta, mas, depois do acidente de Carson, havia sempre o medo de que algo poderia dar errado com qualquer coisa que eu fizesse. Sabia que não era uma maneira de viver a vida, mas me sentia mais confortável escolhendo o caminho seguro. Quando chegou a hora de pagar, enfiei a mão no bolso de trás para pegar o dinheiro. Galen me empurrou para sair do caminho e pagou ao cara no balcão. Quando fiz uma carranca, ele riu.

— Que tipo de cavalheiro eu seria se não pagasse? — Isso lhe rendeu um tapa no braço e um rosnado baixo meu e, em troca, fui agraciada com uma expressão satisfeita.

— Posso pagar a minha parte, sabe. Não espero que você pague tudo — argumentei.

— Você não mudou nada, não é? Costumava dizer a mesma coisa para mim quando estávamos na faculdade — ressaltou.

— Eu me lembro — respondi, rindo. — Eu me sentia mal por você pagar o tempo todo.

— Da próxima vez, você pode pagar. O que acha? — perguntou Galen.

Balançando a cabeça, estreitei os olhos para ele.

— Não vai adiantar. Você ainda vai encontrar uma maneira de contornar isso.

— Não se isso significa que começarei a passar mais tempo com você. Faz muito tempo, e quero saber de tudo — admitiu.

— Veremos — eu disse. — Tenho certeza de que você não quer ouvir tudo sobre a minha vida.

— Na verdade, eu quero — retrucou, olhando profundamente em meus olhos.

Desviei do seu olhar hipnótico e perguntei:

— Então, o que vamos fazer agora?

Pegando meu braço, Galen levou-me para outra sala, onde havia macacões cinza de vários tamanhos nas prateleiras.

— Você precisa vestir o macacão — ele explicou.

— Eu tenho que tirar a roupa aqui? — gritei.

Eu, definitivamente, não iria me despir na frente dele.

Galen sacudiu a cabeça e riu.

— Não, você coloca por cima da roupa.

— Ufa... graças a Deus. — Suspirei.

Depois de estarmos vestidos com nossos macacões, Galen abriu as duas mochilas que trouxe com a gente, que continham capacetes de motociclista.

— Está me dizendo que também pilota motos? — perguntei, incrédula.

— Talvez. Quer uma carona qualquer dia desses? — ofereceu, dando-me um sorriso malicioso. Parecia que Galen tinha ficado um pouco mais aventureiro ao longo dos anos.

— Não, não realmente. — Eu tremi quando falei.

— Muito bem, mas acho que você gostaria, se desse uma chance.

— Não acho.

Enquanto esperávamos nossa vez de dirigir, Galen se aproximou de mim, de forma que nossos braços se tocassem levemente. Fazia tempo desde que eu tinha estado tão perto de um homem, e foi mais complicado porque Galen não era apenas um homem, ele era um homem por quem eu tinha me apaixonado e sido íntima muitos anos atrás. Havia um passado entre nós do qual eu não podia escapar. O calor de sua proximidade enviou formigamentos direto através do meu corpo. Mesmo o simples toque me fez ansiar por mais. Como eu poderia querer tanto sentir um homem assim? Fora privada de toque masculino por muito tempo, ou será que era o toque de Galen que eu desejava?

— Então, o que vai fazer agora que está de volta em casa? — indagou, fazendo-me sair dos meus pensamentos perigosos.

— Na verdade, não pensei nisso — confessei.

— Se quiser, pode sempre vir à empresa e eu posso mostrar-lhe tudo. Acho que você iria gostar. Talvez te inspirasse se visse algumas das coisas nas quais estou trabalhando.

— Se eu não o conhecesse, diria que está tentando me convencer a tomar gosto de novo e trabalhar para você.

Ele sorriu.

— Talvez... está funcionando?

— Tudo bem, vocês dois, chegou sua vez!

Nós nos viramos e vimos o cara do balcão da frente acenando para nós e apontando para os carros. Era nossa hora na corrida. Quando entrei no carro, não tinha ideia de como me equipar.

— Como todas estas tiras se atam? — perguntei a Galen.

Ele revirou os olhos alegremente para mim e me ajudou a prender o cinto de segurança.

— Nossa conversa não acabou, Korinne. Pode ter se esquivado agora, mas não vou desistir. Você tem talento e vou me assegurar de que o reencontre — prometeu, antes de me deixar para entrar no carro ao meu lado.

Suas palavras causaram arrepios no meu corpo. Se ele pudesse me ajudar a encontrar o que eu tinha perdido, seria maravilhoso, mas a que custo? Meu coração estaria certamente em perigo.

Olhando para mim, Galen sorriu antes de abaixar a viseira matizada do capacete. O trabalho ficaria para depois, agora eu tinha que focar em uma coisa, que era fazer o meu melhor para não parecer uma idiota por dirigir fora da pista. Baixando a viseira, agarrei o volante com toda a minha força. Eu ficaria com bolhas nas mãos e nos dedos quando acabasse. Quando a luz verde acendeu, demos partida. Eu estava instável no início e, definitivamente, fiz as voltas com facilidade, mas a adrenalina da corrida me bombeou e me fez guinchar de prazer. Eu nunca esperava sentir isso. Cada segundo que me aproximava de Galen, ele ia mais rápido e se afastava de mim. Ele continuou me provocando, abrandando e deixando-me alcançá-lo, só para acelerar e me deixar comer poeira. Ele ia me pagar por aquilo da próxima vez, quando eu tivesse um pouco mais de prática para me sair melhor.

Com os braços cruzados à frente do peito, olhei-o com determinação no olhar.

— Eu *vou* vencer você na próxima vez — avisei.

Galen riu.

— Prometo te trazer novamente para te dar outra chance. Você não foi tão mal na sua primeira vez. Com mais prática, acho que poderia me vencer.

— *Sei* que posso vencê-lo.

Nós rimos, mas, quando chegamos ao meu apartamento, a emoção que eu estava sentindo se transformou em completo nervosismo.

Nunca tinha pensado no que aconteceria no final da nossa noite, que era quando os casais normais geralmente se beijavam antes de terminar um encontro. Não éramos um casal, mas costumávamos ser, o que tornou mais complicado. Meu coração acelerou a um milhão por minuto quando ele desligou o motor. Limpando a garganta, intencionalmente evitei seu olhar.

— Se não se importar, vou te levar até a porta.

Virando-me para ele rapidamente, eu disse:

— Oh, não, você não tem que fazer isso. Tenho certeza de que consigo chegar lá sozinha.

Eu podia sentir o calor subindo pelas minhas bochechas. *Está quente dentro do carro, ou sou apenas eu?*, me perguntei. Minha respiração tornou-se mais difícil quando percebi qual era o problema. Eu estava com medo. Com medo do que essa relação significaria se eu entrasse nela.

— Sei que consegue ir sozinha, mas eu quero. Sempre te levei até a porta. — Ele me deu seu sorriso encantador, e, como a idiota que sou, me atraiu.

— Sim, mas estávamos na faculdade e nunca era seguro para as mulheres andarem sozinhas à noite no campus — eu disse, tentando abrir a porta. Azulona foi sempre um saco para sair. Saindo do carro, ele rapidamente veio para o meu lado para abrir a porta. — Obrigada. Não acho que Azulona queria me deixar sair. — Eu ri.

— Ela nunca quis — admitiu suavemente.

Percebi o significado oculto por trás dessas palavras, mas não comentei. Caminhamos lado a lado pelos degraus para meu apartamento no terceiro andar, e por todo o caminho agarrei as chaves firmemente para evitar que minhas mãos tremessem. Quando chegamos à porta, não fiz nenhuma tentativa de destrancá-la, por medo de que, se ele entrasse, haveria uma chance de não sair tão cedo.

— O que fará na próxima semana? — perguntou Galen.

Ele se inclinou contra a porta casualmente e cruzou os braços. Meus olhos foram para seus bíceps musculosos e lembrei-me muito bem de como era a sensação quando ele me segurava. Seus braços eram uma das minhas partes favoritas do seu corpo. Galen não era um homem atarracado, mas seus braços eram musculosos. Sua camiseta cabia confortavelmente em torno de seu bíceps e, naquele momento, eu quis ter aqueles braços em volta de mim.

— Está me chamando para sair de novo tão cedo? — provoquei.

Seus ombros tremeram com uma risada silenciosa e, novamente, ele me deu aquele vistoso sorriso.

— Sim, estou. Me diverti mais com você hoje à noite do que em muito tempo, e sei que você se divertiu também. Seu sorriso disse tudo. — Aproximando-se, ele me envolveu no aroma puro que era todo masculino. Sua voz ficou mais baixa quando ele revelou seu pensamento: — E eu senti sua falta. Pensei em você todos os dias desde que foi embora.

Não sabia como responder ao seu último comentário, então tentei despistá-lo. Era muito cedo para falar as palavras que estavam realmente em minha mente. Não poderia dizer-lhe que gostaria de saber sobre ele também.

— Você ocupará todos os meus fins de semana? Porque tenho que lhe dizer que eu poderia estar ocupada em alguns — brinquei, provocando.

Seus lábios se curvaram em um sorriso sedutor.

— Eu vou arriscar.

— Não vou mentir... eu não me importaria que você tomasse meus fins de semana, mas lembre-se de que eu quero manter isso em um nível de amizade. Ok?

Ele assentiu.

— Entendo. Bem, e quanto a isso? Você escolhe o que fazemos na próxima semana. É a sua vez de pagar, de qualquer maneira, já que foi tão inflexível sobre o pagamento na pista. Vou deixar por sua conta levar isso para qualquer nível que queira.

— Concordo — respondi em aprovação.

Descruzando os braços, ele afastou-se da porta, me puxou para um abraço e, no começo, endureci, mas, em seguida, o calor do seu corpo me fez amolecer. Saboreando o cheiro familiar de sua colônia e dele, em geral, eu me aproximei para inspirá-lo.

Ele me fez estremecer em resposta quando suspirou no meu ouvido.

— Não quero ultrapassar seus limites, mas senti falta disso. Senti falta da sensação de tê-la em meus braços. — Seu hálito quente fez cócegas em meu pescoço, enviando arrepios em toda a extensão do meu corpo. Ele se afastou um pouco do abraço, e, no meu coração, eu queria protestar. Quando não respondi, ele perguntou baixinho: — Não tem nada a dizer sobre isso?

— Eu não sei o que dizer — sussurrei.

— Você saberá em breve.

Surpreendendo-me, ele deu um beijo suave e gentil na minha bochecha antes de tirar os braços da minha cintura, fazendo questão de deixar os dedos um pouco mais do que o tempo normal em meus quadris. Sorri para ele para que soubesse que percebi, e ele sorriu em resposta. Afastando-se lentamente, seus olhos nunca deixando os meus, ele caminhou para as escadas e começou a descê-las degrau por degrau.

— Boa noite, Korinne! — gritou ao descer as escadas.

— Boa noite, Galen! — gritei também.

Observei-o entrar em sua caminhonete e ir embora antes de eu finalmente decidir destrancar a porta. O lugar no meu rosto onde ele tinha beijado formigava e, instintivamente, estendi a mão para tocá-lo. No fundo do coração, eu sabia que secretamente desejava que ele tivesse beijado meus lábios.

Capítulo Seis

Galen
Encontrando a centelha

Ver Korinne trouxe de volta uma horda de memórias boas e más. Eu poderia dizer que ela queria manter distância, mas já a deixei ir uma vez e me recusava a fazê-lo novamente. Ela não é a mesma de antes. É como se estivesse presa de alguma forma e precisasse ser libertada. Esperançosamente, com o tempo, ela vai voltar a ser a mesma Korinne que eu conhecia e amava há oito anos.

No dia em que Brady me contou sobre o casamento de Korinne e Carson, deixei a raiva me consumir. Depois de todos esses anos, pensei que eu tivesse seguido em frente, mas, naquele dia, ouvir a notícia fez tudo desabar sobre mim. Korinne e eu só estávamos separados havia dois anos na época, e eu *sabia* que ela tinha seguido em frente, mas nunca imaginei o nível de raiva e mágoa que eu sentiria com o pensamento de ela passar o resto da vida com outro homem. Me deixou mal pensar em outra pessoa segurando-a e tocando-a e, pior, fazendo amor com ela.

Como eu poderia fazê-la me amar de novo? Ideias inundaram minha cabeça, formas de quebrar a parede que ela construiu em torno do seu coração. Estava no trabalho e olhava as plantas espalhadas diante de mim, mas não conseguia me concentrar. Não quando Korinne estava em minha mente. O plano para acender a centelha em Korinne começou a se formar quando me lembrei do desastre que passei há alguns meses, quando um decorador estragou completamente um projeto. Eu sabia exatamente por onde começar meu plano e quem iria me ajudar.

— Rebecca! — gritei.

Pulando como se eu a tivesse assustado, ela colocou a mão sobre o peito.

— Você me assustou! — Ela engasgou e respirou fundo. — Existe algo que eu possa fazer pelo senhor, Sr. Matthews?

— Na verdade, sim — respondi, sorrindo. — Tenho uma ideia e vou precisar da sua ajuda. Vai ser o plano perfeito para ter Korinne aqui se ela cooperar. Você está dentro?

Seu rosto se iluminou.

— Claro que estou. Me diga o que preciso fazer.

Debrucei-me sobre a mesa e expliquei a situação. Seu sorriso ficava mais amplo quanto mais eu lhe dizia e, quando acabei, ela felizmente concordou em cumprir minhas exigências.

— Deve realmente gostar dessa mulher para passar por todo este problema — disse ela. — Queria que meu Edward fizesse esse tipo de esforço, mas você sabe como nós, pessoas de idade, somos. Vou para lá agora e começarei a trabalhar.

— Obrigado, Becky. Realmente te agradeço.

Revirando os olhos, ela me dispensou.

— Ligue para ela para que possamos fazer o plano funcionar.

Animado e confiante, voltei para meu escritório para fazer a ligação. Respirando profundamente, lentamente, disquei o número de Korinne. *Isso teria que dar certo*, disse a mim mesmo.

— Alô — ela resmungou, soando sem fôlego.

— Ei — respondi casualmente. — O que você está fazendo?

— Acabei de chegar de uma corrida. O que você está fazendo? Vejo que não conseguiu esperar até sexta-feira para falar comigo — ela brincou.

— Não, não consegui — concordei. Ela riu como se não acreditasse em mim, mas era a verdade. Eu queria ligar no momento em que a deixei em sua porta. — Sei que não temos planos até sexta-feira, mas eu queria saber se poderíamos almoçar hoje.

A linha ficou muda por alguns segundos, mas então ela respondeu:

— Quando e onde?

Dei um suspiro de alívio.

— Que tal me encontrar em uma hora no Café Rose?

— Deixe-me tomar um banho rápido e eu vou. Preciso me apressar se pretendo chegar na hora certa. — Ela riu. — Te vejo lá — disse rapidamente antes de desligar.

Primeira etapa cumprida!

— Becky! — gritei triunfante.

Ela correu para o escritório e gritou:

— Ela aceitou?

— Sim, aceitou! Vou encontrá-la em uma hora. Certifique-se de que tudo esteja pronto em dois minutos, e não se esqueça de me ligar com a situação de emergência como planejamos.

— Farei isso! — Ela riu. — Estou definitivamente certa de que este plano incrível vai funcionar, Sr. Matthews.

Eu realmente espero que sim, pensei comigo mesmo.

O Café Rose era uma pequena lanchonete no outro lado do centro a poucos quarteirões do meu prédio. Havia outros nessa área, mas este sempre foi o meu favorito. Quando cheguei à porta, avistei Korinne já sentada a uma mesa, bebendo um copo de chá doce. Ela parecia tão calma e pacífica que era difícil não a olhar. Parecia um anjo, um anjo sexy como o inferno. Nunca fui capaz de ter o suficiente dela, e eu temia que não fosse capaz agora também.

Korinne nunca foi de usar muita maquiagem, e sempre amei isso nela. Sua beleza natural ofuscava qualquer mulher que cruzasse meu caminho. O jeans apertado moldava suas curvas, e seu top abraçava seus seios de tamanho perfeito. Não muito grandes nem muito pequenos, apenas... perfeitos. Meu corpo respondeu aos meus pensamentos teimosos, que me deixaram duro, então tentei desesperadamente não pensar no exuberante corpo de Korinne e na forma como ele se fundia ao meu. Vendo-me na porta, ela acenou. Seu sorriso ficou mais brilhante quanto mais eu me aproximava.

— Então, a que devo o prazer da sua companhia hoje? — perguntou docemente.

Sentei-me na cadeira em frente a ela e sorri.

— Eu não podia esperar até sexta-feira — respondi honestamente.

Um rubor se espalhou por seu rosto, o que achei cativante. Dando uma rápida olhada no relógio, calculei quanto tempo tínhamos antes de Rebecca me ligar: quarenta e cinco minutos.

— Você tem algo marcado? — questionou, olhando para o relógio.

Balancei a cabeça.

— Não, estava apenas me certificando de que não estava atrasado.

Ela estreitou os olhos e arqueou uma sobrancelha.

— Ahamm — murmurou sarcasticamente.

Korinne e eu fizemos nosso pedido, e não fiquei chocado ao ver que ela pediu um sanduíche de bacon, alface e tomate com bacon extra. Esse sempre foi seu favorito quando comíamos juntos em nossa lanchonete favorita na faculdade. Assim que acabamos de comer, meu telefone tocou com a esperada ligação de Rebecca. Era hora do show.

— Rebecca, o que foi?

Korinne endureceu. No começo, olhei-a interrogativamente, mas então entendi. Eu disse o nome de uma mulher, e ela não tinha ideia de quem Becky era. Será que Korinne estava com um pouco de ciúme? Era um bom começo, ou pelo menos mostrava que ela se importava que eu falasse com outras mulheres. Mesmo querendo aproveitar essa conclusão, eu precisava parecer perturbado.

— Sim! Entendo! — falei bruscamente. — Estarei lá. — Desligando o telefone, passei as mãos pelo cabelo em frustração simulada.

— Qual é o problema? — perguntou Korinne preocupada. — Quem era?

— Era a Rebecca — eu disse. — Parece que tenho um problema em um dos meus empreendimentos que precisa da minha atenção. Odeio encurtar nosso almoço, mas... você poderia vir comigo.

— Sim, acho que poderia — respondeu. — Quem é Rebecca, a propósito?

— Por que quer saber? — perguntei, com uma pitada de humor em meu tom.

— Não sei, talvez para ver quantas mulheres você está perseguindo.

— Confie em mim, Korinne, você é a única mulher na minha vida agora — eu disse-lhe.

Seus ombros relaxaram visivelmente e ela soltou a respiração. Fingi não perceber.

Assim que paguei o almoço, saímos do café às pressas. No caminho para o meu carro, agarrei sua mão, puxando-a junto comigo.

— Precisa que eu dirija? — perguntou ela.

Balancei a cabeça.

— Não, meu carro está depois da esquina. Pode ir comigo.

Quando Korinne viu meu carro, observei o sorriso enorme em seu rosto. Ela parecia fascinada com a minha escolha de veículo.

— Isso sim foi o que imaginei para você. Não que não goste da Azulona, mas este definitivamente é mais a sua cara. — Ela sorriu.

— Procurei em todos os lugares o perfeito Ford Mustang. Comprei esse novo cerca de um ano atrás — expliquei.

Era azul elétrico com listras brancas, e nada poderia vencer o som do motor. Entramos e dirigi para um dos empreendimentos de casas que eu estava projetando. Rebecca já deveria estar lá arrumando as coisas. Estacionamos na longa calçada em forma de U e nos dirigimos às portas duplas gigantes. Rebecca estava andando de um lado para o outro lá dentro e, quando nos viu, correu direto para mim.

— Oh, graças a Deus, você está aqui agora. Olhe esse desastre! — gritou, apontando ao redor da casa.

Korinne foi em frente e procurou pelos muitos cômodos. Sorri para

Rebecca pelas costas de Korinne, e ela reprimiu uma risada. Ela tinha se superado ao fazer a casa parecer uma merda. *Rebecca ia precisar de um bom aumento depois de realizar este desastre*, pensei.

Quando Korinne chegou à sala de estar principal, deu um suspiro audível, que ecoou alto em toda a casa. Quando vi a bagunça à minha frente, foi difícil não começar a rir. Becky *realmente* tinha se superado. O cômodo era uma bagunça completa, com móveis que não combinavam e objetos hediondos. Era um pouco inacreditável, mas parecia estar funcionando, de acordo com as expressões de Korinne.

— Que diabos aconteceu aqui? — perguntou, parecendo enojada. — Isso é terrível! Quem é o seu decorador?

Olhei ao redor da sala, parecendo estar enojado também.

— Alguém que não trabalha mais para mim. — Virei-me para Rebecca. — Precisamos encontrar alguém para vir aqui e consertar isso o mais rápido possível. Temos uma visita amanhã e não posso mostrar a casa assim! — gritei, soando muito irritado.

— Eu tentei! Liguei para todo mundo que consegui pensar, e até agora não há ninguém disponível. Talvez tenhamos que cancelar a exibição — ela gaguejou, parecendo derrotada.

Sentei-me em uma das cadeiras destoantes e baixei a cabeça nas mãos, gemendo de raiva, ou pelo menos fingindo. *Por favor, morda a isca*, torci em minha mente. Com o canto do olho, pude vê-la hesitar por alguns segundos, mas fechou os olhos e respirou fundo. Sorri por dentro, porque sabia que tinha triunfado. Quando esse olhar de concentração assumiu seu rosto, pude dizer que ela estava entrando em sua área.

Baixei a cabeça rapidamente antes de Korinne me ver olhando-a. Ela se aproximou e puxou minhas mãos para longe do meu rosto suavemente. As lágrimas começaram a se reunir no redemoinho de seus olhos cinzentos. Não pareciam ser lágrimas de dor, mas de alegria...

— Galen — ela sussurrou, olhando profundamente em meus olhos. — Não sei se vou fazer isso bem, mas acho que posso consertar. Vou fazer por *você*.

— Pensei que não estivesse pronta, Korinne. Não quero que se sinta obrigada a me ajudar.

Ela balançou a cabeça.

— Não me sinto obrigada, mas sinto, em meu coração, que posso fazer. Além disso, você vai me dever um grande favor.

Levantei a sobrancelha, intrigado.

— O que tem em mente?

Ela arqueou os lábios e sorriu.

— Tenho certeza de que você pode pensar em alguma coisa, e é melhor que seja bom.

A velha Korinne estava lentamente espreitando, e eu estava gostando de vê-la ressurgir. Poderia pensar em um milhão de coisas boas, mas isso só aconteceria se eu soubesse o que ia fazer para compensá-la.

Balancei a cabeça em concordância.

— Tenho a solução ideal. Houve uma mudança de planos, este fim de semana é *meu*.

Seu sorriso era contagiante, e eu me vi desejando que já fosse sexta-feira. Quando acentuei a parte do "meu" na minha declaração, quis dizer isso em todos os sentidos possíveis. O brilho em seus olhos era resposta suficiente. Eu podia ver e sentir que suas necessidades eram tão grandes quanto as minhas. Tanta coisa para manter isso apenas no nível da amizade...

Capítulo Sete

Korinne
Um passo mais perto

Não sei como isso aconteceu, mas ser capaz de encontrar minha inspiração tinha aberto uma nova porta para mim. Eu a queria novamente, sentir a maneira como era quando minhas ideias fluíam. Transformar essa monstruosidade em algo bonito e elegante era o paraíso para mim. Me fez sentir... viva.

Era sexta-feira de manhã e tudo parecia mais brilhante... mais claro. Pensei que voltar para casa seria um erro, mas acabou sendo a melhor coisa que eu poderia ter feito. Nunca iria esquecer Carson, porém, voltar ao trabalho me ajudou a esquecer a dor por um tempo. Senti-me livre e feliz pela primeira vez em meses.

Galen tinha algo especial planejado para a noite e tudo que eu podia pensar era em como estava nervosa. Ele me devia um encontro, apesar de ser o meu fim de semana para escolher o lugar. Ele sempre escolhia coisas divertidas e criativas para fazer, então eu não iria reclamar. Nossa relação nunca foi chata. Na verdade, era o que me assustava. Seu olhar transmitia que ele tinha mais do que um simples encontro em mente. Quando Galen queria algo, ele conseguia. Quis dizer isso quando falei que deveríamos manter as coisas em um nível de amizade, mas eu podia ver a necessidade nele. Queimava da mesma forma que em mim. Não pude resistir a ele no passado, e não acho que seria suficientemente forte para resistir a ele agora.

SEGUNDA CHANCE PARA O AMOR

A mensagem de texto me assustou enquanto eu dava os últimos retoques na maquiagem no banheiro. Olhei para baixo e sorri ao ler o texto de Galen.

Galen: *Está pronta para esta noite?*
Eu: *Acho que sim... rsrs.*
Galen: *Que bom! Vista algo legal.*
Eu: *Ok, para onde estamos indo?*
Galen: *É surpresa! Sem perguntas.*
Eu: *Tudo bem!*
Galen: *Leve roupa de banho e outra roupa também.*

No que ele estava pensando? Ainda estávamos no inverno. Infelizmente, com Galen, não havia como dizer o que ele tinha em mente. Uma vez, na faculdade, eu o desafiei a saltar em um riacho congelado. Não preciso dizer que ele me puxou para dentro também. Ambos acabamos doentes por uma semana depois disso. Meu telefone tocou com outra mensagem dele.

Galen: *Ah, sim. Esteja pronta às seis e meia.*
Eu: *Por que preciso de traje de banho?*
Galen: *Sem perguntas, lembra?*
Eu: *Ok!*

Olhando o relógio, eu tinha mais uma hora até lá. Encontrar um traje de banho não ia ser fácil, já que eu não sabia em que caixa foram guardados. Vasculhando-as, finalmente encontrei minha coleção de biquínis. Peguei dois e embalei várias roupas na minha mala para a noite. Eu tinha certeza de que Galen iria me provocar quando visse o quanto minha mala era grande.

Após inúmeras mudanças de calças para saias e vice-versa, escolhi um suéter cor de creme e calça social marrom. A roupa era vistosa, assim como Galen pediu, mas não demais. Fiz questão de mostrar um pouco de decote para não parecer tão puritana. Meu estômago estava contorcido e minha mente, acelerada. Fui para a cozinha e enchi uma taça de vinho. Eu precisava de cerca de vinte taças para ajudar a acalmar meus nervos, ou melhor ainda, talvez algumas doses de vodca.

No momento em que ouvi a batida na porta, já havia tomado duas taças de vinho. Meus nervos não estavam mais tão agitados, e eu realmente me sentia calma e relaxada. Galen estava encostado no batente da porta, quando a abri, e seus ardentes olhos azuis percorreram meu corpo de cima a baixo, demorando em meus seios, antes de encontrar meus olhos. Apenas esse gesto causou calafrios pelo meu corpo, me fazendo tremer.

Ele sorriu.

— Você está maravilhosa.

Avançando, Galen me beijou de leve no rosto antes de entrar no apartamento. Ele assobiou quando percebeu o desastre da minha habitação.

— Preciso te arranjar um decorador? — caçoou.

Revirei os olhos, brincando.

— Não! Simplesmente não tive tempo de desfazer as malas.

O que Galen não sabia era que eu tinha uma casa bonita, mas estava com muito medo de ir para lá. Meu objetivo era conseguir a coragem de voltar, mas, até então, eu ficaria no apartamento.

— Você está pronta?

Balançando a cabeça, peguei minha bolsa.

— Sim, vamos.

Ele viu minha mala e sorriu.

— Vai sair de férias? — brincou. — Eu deveria saber que você não iria levar pouca coisa. Acho que algumas coisas nunca mudam.

Apertei os olhos para ele, tentando parecer intimidadora, mas tudo o que ele fez foi rir e passar por mim para sair.

— Não é tanto assim — retruquei, esperando que ele me ouvisse.

Respirando fundo, peguei uma das minhas malas e tranquei a porta. Durante todo o tempo em que descia os degraus, estava com frio na barriga. Eu estava ansiosa pela noite.

— Chegamos! — Galen anunciou.

Meus olhos se arregalaram com a visão diante de mim. Ele me levou a um dos museus mais famosos de Charlotte. Eu sempre quis ir ali, mas, toda vez que Carson ia tentar me levar, ele era chamado pelo hospital e tinha que ir. Minha garganta apertou e senti uma leve pontada de culpa por pensar nisso. Me fez sentir como uma traição a Carson. Ele tentou me levar ao museu tantas vezes, e agora eu estava lá com outro homem. Eu amava meu marido e sempre seria assim, mas, na verdade, realmente tinha me apaixonado por Galen primeiro. Era estranho que eu nunca tivesse deixado de amá-lo?

— Não posso acreditar que você me trouxe aqui — falei, admirada. — Eu sempre quis ver este museu.

— Eu sei — admitiu. — Lembro de você dizer algo sobre isso anos atrás.

Olhando para ele, sorri.

— Obrigada. Significa muito para mim.

Saímos do carro e ele pegou minha mão enquanto caminhamos até a porta. Um senhor idoso abriu-a com um grande sorriso.

— Boa noite, Sr. Matthews. — Ele então olhou para mim e disse: — E Srta. Anders.

— Boa noite, James. Está tudo como combinamos? — Galen perguntou a ele.

James sorriu.

— Tudo está arrumado, senhor. Aproveite sua noite.

— Não acho que alguma vez poderei superar esse encontro —

confessei baixinho para Galen.

— Tenho certeza de que pode pensar em alguma coisa. Você sempre foi criativa, e quero dizer isso em todos os aspectos — ele sussurrou com a voz rouca no meu ouvido. Apenas essas palavras fizeram meu corpo formigar em todos os lugares certos.

Assim que James se afastou, Galen me levou até as escadas para o que pareciam ser seções diferentes do museu. Com os olhos arregalados, observei os objetos gloriosos diante de mim.

— Estamos sozinhos aqui? — sussurrei ao olhar em volta para as exposições desocupadas.

Galen sorriu diabolicamente e explicou:

— Aluguei para o nosso encontro. Queria ter a certeza de que você aproveitaria.

— Como conseguiu planejar isso?

Ele encolheu os ombros.

— Tenho minhas conexões, mas, como eu disse, você mencionou que queria vir aqui, então tive a certeza de lhe trazer. Sem querer me intrometer ou qualquer coisa, mas seu marido não fazia coisas assim para você?

Balancei minha cabeça.

— Não, nada tão extravagante, mas tinha suas maneiras de tornar as coisas especiais.

— Te incomoda falar sobre ele?

— Um pouco — confessei. — Acho que é estranho falar sobre ele com você.

— Bem, só para que saiba, não me importo se o fizer. Não quero que pense que não pode falar comigo sobre ele, ok?

— Obrigada por isso. Significa muito — eu disse suavemente.

Galen e eu andamos pelo museu em silêncio. Olhando ao redor, eu não poderia começar a imaginar o quanto deve ter custado para Galen fazer isso por mim. Para onde quer que eu olhasse, esculturas e arte me atraíam. Arrepios corriam pelo meu corpo a cada nova peça que eu via.

SEGUNDA CHANCE PARA O AMOR

Todo o museu era uma obra de arte, um lugar de paz, e era todo meu, por enquanto. Galen e eu observamos o museu pelo que pareceu ser apenas alguns minutos, mas acabou sendo algumas horas.

— Tenho uma surpresa — Galen murmurou em meu ouvido.

Sua respiração contra a minha orelha fez a minha pele formigar com calafrios. Colocando a mão na parte inferior das minhas costas, ele me levou para outra sala. Uma iluminação suave adornava o teto e, no meio da sala, havia uma mesa de jantar pequena decorada com uma toalha vermelha e preta, e pratos cobertos em cima. Duas taças de vinho branco já haviam sido servidas e, na sala ao lado, havia dois garçons de prontidão.

— Galen, isso é incrível — soltei, indignada. — Obrigada.

Ele guiou-me para a mesa e puxou minha cadeira.

— De nada.

Galen tomou o lugar à minha frente e fez sinal para um dos garçons. Ele veio e removeu as tampas dos pratos. Saiu uma enorme nuvem de vapor e, uma vez que a fumaça se dissipou, vi um filé mignon digno do Oscar, um coquetel de camarão, legumes no vapor e uma batata cozida recheada. O cheiro era o puro paraíso e, se eu não estivesse tentando ser uma dama, teria devorado a comida em questão de segundos.

— Pensei que fechar o museu fosse incrível, mas isso é absolutamente maravilhoso.

Ele tomou um gole de vinho.

— Obrigado. Estou realmente feliz por você gostar. Lembra de todas as galerias que fomos para exposições de Jenna?

— É claro que lembro.

— Quer saber uma das principais razões pelas quais eu te trouxe aqui? — perguntou. Quando acenei, ele continuou: — Adorei a forma como o seu rosto brilhou ao olhar as pinturas. Tão sereno... como um anjo. Eu queria ver aquele olhar novamente. Sei que está triste com o sofrimento dos últimos meses, e ainda posso ver isso em seus olhos. Só quero que saiba que estou aqui e faria qualquer coisa para te fazer feliz.

Eu acreditei nele... Acreditei em cada palavra que falou. Eu tinha certeza de que ele poderia descobrir um milhão de maneiras de me fazer feliz. Naquele momento, eu estava pensando em algumas que não envolviam arte. Seu olhar persistente aqueceu meu corpo, fazendo-me contorcer na cadeira. Ele olhou para os meus lábios quando bebi um gole do vinho, e ele lambeu sua própria boca sedutoramente antes de dar uma garfada em sua comida. Lembrei-me de sua língua muito bem, e o quanto era gostoso quando ele a usava para provocar a minha... O quê?! Eu teria um orgasmo só de pensar em sua língua em determinados lugares do meu corpo. Estar sexualmente frustrada era perigoso, especialmente com Galen.

Colocando as mãos na testa, escondi os olhos, esperando que ele não pudesse ver meu rosto corar.

— Oh, meu Deus. — Assobiei suavemente.

— Você está bem? — Galen riu. — Há algo que queira dizer?

Balancei a cabeça e dei uma garfada na minha comida.

— Não, apenas lembranças.

— Ah, boas, espero — acrescentou.

Dei de ombros, não dando uma resposta exata. A refeição foi a melhor que tive em muito tempo. Não costumo me dar tais luxos. Parecia algo inútil quando eu comia sozinha. Terminamos nossa comida tranquilamente. Quando os pratos estavam vazios, presumi que viria a sobremesa, mas ela não veio. Galen se levantou e ofereceu-me sua mão.

— Nós temos outro destino para isso, Korinne.

Franzindo a testa, olhei para ele, confusa.

— Do que está falando? — perguntei, pegando sua mão.

Puxando-me apertado contra seu peito, ele roçou os lábios na minha orelha.

— Sobremesa — sussurrou sedutoramente. — A nossa sobremesa vai ser em outro lugar, tão delicioso quanto.

Apenas a proximidade me fez corar de desejo, e eu não conseguia evitar ficar com a respiração acelerada. Meu centro formigava e, se eu não conseguisse um alívio em breve, iria explodir. Fazia muito tempo desde que senti desejo por outro homem. Eu tinha certeza de que a ideia de sua sobremesa não envolvia chocolate, mas algo de uma variedade mais dura e sexual.

— Vamos — eu disse suavemente, mordendo o lábio.

Fomos para o carro e, no momento em que chegamos lá, me senti corada e eufórica com os pensamentos do que estava por vir. Galen colocou a chave na ignição e partimos. Assumi que o próximo destino seria a sua casa. Passamos por casa após casa, e fiquei tensa quando vi que estávamos indo na direção da casa que eu dividia com Carson. Será que ele morava perto de mim o tempo todo e eu não sabia? Felizmente, ele virou para o outro bairro com vista para o lago. Depois de passar por um labirinto de ruas, vi sua casa à frente, bem no topo de uma colina. Eu sabia que era sua por causa da Azulona estacionada na calçada.

— Uau! — exclamei. — Você tem uma bela casa.

— Obrigado. Projetei todo o layout e mandei construir — respondeu, soando orgulhoso.

Um dos portões da garagem de cinco carros se abriu e Galen levou seu Ford Mustang para dentro, estacionando-o. Meus olhos se arregalaram quando vi todos os veículos na garagem.

— Você acha que tem carros suficientes? — provoquei, brincando.

Ele franziu as sobrancelhas e olhou para todos os diferentes carros. Em um tom sério, disse:

— Não, acho que eu poderia ter mais um.

Ele ficou lá por alguns segundos, enquanto eu o olhava com a boca aberta. *Certamente ele não está falando sério*, pensei. Rindo da minha expressão de olhos arregalados, ele pegou minha mala.

— Eu estava brincando. Vamos, deixe-me mostrar-lhe tudo.

Fiquei espantada com a variedade. Ele tinha um novo Land Rover, um Chevrolet El Camino SS 1972, um Chevrolet Corvette 1958 e, no canto, vi duas motos. Encolhendo-me ao vê-las, silenciosamente rezei para que ele fosse cuidadoso quando as pilotasse. Ele abriu a porta e, quando entrei, fiquei chocada com o que vi. Dois conjuntos de escadas em espiral levavam aos níveis superiores da casa, enquanto o piso inferior era aberto e cheio de vida. O que mais me surpreendeu foi que parecia vagamente familiar. Por que reconheço este lugar?

— Isso parece familiar? — Galen perguntou atrás de mim.

— Sim, mas não consigo lembrar de onde

Olhando ao redor da sala, absorvi tudo: os padrões, o mobiliário, o layout. Tudo parecia algo que eu teria criado.

Galen veio atrás de mim e me virei. Pela primeira vez, ele parecia inseguro, nervoso mesmo, enquanto olhava nos meus olhos.

— É porque você projetou — revelou timidamente.

Balançando a cabeça, olhei para ele perplexa e confusa.

— Como? Não entendi.

Ele respirou fundo antes de explicar.

— Foi cerca de um ano atrás. Eu sabia que estava casada e não queria ficar entre você e seu marido ou causar problemas, então pedi a outra pessoa para te contratar para decorar sua casa. O projeto era, na verdade, para mim. Sei que pode parecer um pouco assustador que eu tenha feito isso, mas não sabia mais o que fazer. A casa é um lugar pessoal e eu não queria te colocar nessa situação.

Ele baixou os olhos e colocou minha mala na mesa próxima. Fiquei imaginando o que eu teria feito se soubesse que era Galen por trás do projeto. Naquele momento, percebi que nunca saberia, mas, após sua admissão, algo estava impelindo-me para frente, algo que me atraía para ele como uma mariposa e a luz. Os sentimentos que eu tinha por ele eram fortes antes, mas nada comparados com a abundância de emoções que eu estava sentindo naquele momento. Se não pusesse para fora, iria explodir. Ele tinha feito tanto por mim, acreditado em mim com cada fibra do seu ser, e não pediu nada em troca. Eu sabia que o que estava prestes a fazer seria uma mudança de vida. Com passos determinados, fui em direção ao homem que estava começando a roubar meu coração... novamente. Medo e desejo colidiram dentro de mim, mas eu não podia parar. Sabia que não deveria deixá-lo entrar, mas não podia negar a forma como o meu coração estava batendo por ele. Era como se todos os meus

SEGUNDA CHANCE PARA O AMOR

desejos, todas as emoções e sentimentos reprimidos em meu corpo me deixassem desesperada pelo toque dele, o toque de Galen. O homem por quem me apaixonei anos atrás. Seus olhos se arregalaram quanto mais perto eu chegava, mas eu sabia que não ia recuar. Precisava senti-lo em todos os sentidos possíveis, e precisava disso. Em um movimento rápido, apertei meus lábios nos dele e passei os braços em volta do seu pescoço, segurando-o firmemente. Seus braços me envolveram, me protegendo em seu abraço, mas também sem saber o que fazer.

— O que está fazendo? — ele gemeu, rompendo o beijo. — Pensei que quisesse levar as coisas devagar.

Um fogo queimou por trás de seus pálidos olhos azuis, e eu sabia que não iria dar certo levar as coisas lentamente.

— Não acho que consigo. — Respirei contra seus lábios.

— Por favor, não diga isso. Não acho que consigo me controlar se você me deixar entrar. Eu te quis a partir do momento em que te vi, e já é difícil o suficiente me manter longe.

— Não quero que se mantenha longe. — Suspirei. — Preciso de você, Galen, e preciso de você agora. — Essas palavras foram tudo o que precisou para o fogo consumi-lo, para nos consumir.

Em um movimento rápido, Galen me pegou e eu envolvi as pernas em torno da sua cintura. Podia senti-lo duro e pronto contra mim, e ansiava por ter essa dureza em meu interior. Gemendo em sua boca, eu o beijei febrilmente. Ele me levou por um corredor até onde presumi que fosse seu quarto. Assim que entramos, Galen correu para a cama e me esmagou contra o colchão com seu peso. Ele beijou ao longo do meu pescoço, até o meu rosto e lábios. Explorando sua boca com a minha língua, eu o devorei, provando-o com avidez.

Galen parou o beijo e tirou minha camisa pela cabeça, jogando-a no chão. Meu sutiã desapareceu no instante seguinte e foi imediatamente substituído por seus suaves lábios quentes, passando pelos meus seios até encontrarem um mamilo tenso. Ele chupou firmemente, amassando-os com avidez, conforme eu arqueava as costas querendo que ele tomasse mais. Meu centro se apertou e fiquei molhada com o desejo. Ele separou minhas pernas com um dos joelhos e empurrou seus quadris entre elas, esfregando contra meu centro. Fazia muito tempo que eu provara o prazer do desejo, e sabia que provavelmente teria um orgasmo apenas com o movimento. Estava se formando e eu queria que Galen me pegasse e fizesse amor comigo como fazia anos atrás.

— Galen — sussurrei. Minha voz estava rouca com um desejo tão grande que eu mal conseguia me concentrar.

Erguendo a cabeça, ele lambeu os lábios sedutoramente enquanto olhava para a minha boca.

— Você está bem? Precisa que eu pare?

Balançando a cabeça, gemi.

— Não, está muito bom para parar.

Ele sorriu sedutoramente antes de pegar meu lábio inferior entre os dentes, sugando e puxando, me levando ao delírio. Suas mãos deixaram os meus seios e foram até o cós da calça. Desabotoando facilmente com os dedos ágeis, ele deslizou a mão para baixo entre as minhas pernas. Esfregando minha protuberância gentilmente, Galen enfiou lentamente seus dedos longos e quentes. Um gemido gratificante saiu dos meus lábios e eu arqueei as costas, movendo os quadris junto com suas investidas. Eu podia sentir o orgasmo e não havia nenhuma maneira de impedi-lo de chegar.

— Galen! — gritei. — Oh, meu Deus, Galen!

Fechei os olhos quando a força do orgasmo explodiu. O olhar semicerrado de Galen varreu-me de cima a baixo enquanto eu cavalgava as ondas finais do orgasmo.

— Você é tão quente — afirmou acaloradamente assim que relaxei.

Gemi, querendo mais dele, mais do seu toque, e ele cumpriu ansiosamente. Começou a puxar a calça para baixo lentamente sobre meus quadris e passou por minhas coxas até que, finalmente, conseguiu removê-la, juntamente com a minha lingerie. Ele beijou um caminho da minha perna para a barriga, e depois entre meus seios, até que chegou aos meus lábios.

— Você toma pílula? — perguntou com uma pitada de nervosismo.

Balancei a cabeça e desviei o olhar. Não havia nenhuma razão para tomar, já que eu não estive com ninguém em muito tempo, mas tinha outro motivo também.

— Não, não tomo.

Suspirei, e ele virou meu rosto para olhá-lo.

— Fale comigo, Korinne. Por que está com esse olhar?

Respirei fundo antes de revelar o meu segredo terrível. As lágrimas ameaçavam transbordar, mas mantive-as sob controle.

— Eu não tomo pílula porque não posso ter filhos, ou, pelo menos, é bem difícil para mim. Vamos apenas dizer que tenho problemas ovarianos. Carson e eu tentamos, mas não conseguimos. — As lágrimas começaram a cair e me senti envergonhada de ter de admitir que tinha um defeito. Se Galen quisesse ter filhos, com certeza não os teria comigo.

— Korinne — ele sussurrou suavemente. — Tudo ficará bem. Você é perfeita desse jeito.

Concordei, mas as lágrimas não paravam de cair. O clima tinha esfriado e o que começou como uma noite incrível e cheia de calor se transformou em algo deprimente. Galen saiu do meio das minhas pernas para ficar ao meu lado. Apoiando-se no cotovelo, ele passou um braço musculoso em toda a minha barriga nua. Não parecia zangado com a nossa parada abrupta, e eu não poderia ter ficado mais agradecida. Quando reuni coragem para olhá-lo de novo, ele sorriu gentilmente, seus olhos mostrando apenas preocupação e entendimento.

— Você realmente quer ter filhos? — perguntou em tom de pesar.

Balancei a cabeça.

— Quis e ainda quero. A tristeza que senti quando descobri que não podia ter filhos foi devastadora. Há sempre essa possibilidade de um por cento de ainda poder ter, mas as chances são escassas. Nós íamos adotar, mas Carson faleceu antes de assinarmos os papéis. — Olhando para longe por um segundo, hesitei antes de fazer-lhe a mesma pergunta. — Você já pensou em ter filhos?

Ele me olhou nos olhos e sorriu.

— Já pensei sobre isso. Sabe, há um grande número de crianças que precisam ser adotadas. Acho que era uma boa ideia o que você iria fazer.

Soltando a respiração que estava inconscientemente segurando, suspirei de alívio. Eu não queria privá-lo de ter seus próprios filhos, porque, se ele ficasse comigo, não os teria. Galen seria um ótimo pai. Ele era completamente altruísta, carinhoso, divertido e tinha o coração mais amoroso que eu conhecia. No entanto, o que realmente despertou meu interesse era que ele estivesse solteiro. Qualquer mulher em seu juízo perfeito teria aproveitado a chance de estar com ele.

— Por que não está casado? Estou um pouco chocada que ainda esteja solteiro — perguntei, cética. Eu sabia que ele estava saindo com alguém antes, mas não sabia o que aconteceu com ela ou há quanto tempo estavam separados.

Ele virou a cabeça e olhou para o teto. A julgar por sua reação, imaginei que as coisas com a sua última namorada não foram muito bem.

— Não precisa responder — acrescentei rapidamente. — Não quero me intrometer, estava apenas curiosa. Você é um cara incrível e não posso acreditar que esteja solteiro.

Galen sacudiu a cabeça e riu, incrédulo.

— Não, tudo bem você me perguntar. Brady diria que ainda estou solteiro por causa de todas as horas que trabalho, mas não me importo em te dizer — começou. — Você se lembra da Amanda? A mulher que estava comigo no casamento de Brady e Jenna.

Lembrando-me muito bem da mulher que ele falou, revirei os olhos e assenti. Ela era uma cadela completa perto de mim, e foi preciso muito autocontrole para eu não dizer algo a ela.

— Como poderia esquecer? — brinquei sarcasticamente. — Tenho uma pergunta. Ela sempre foi uma cadela burra rude, ou era só comigo que estava agindo assim? Juro que senti uma rivalidade, mas preferi ignorá-la, pelo bem de Carson.

— Ah, ela foi uma vadia só com você. — Ele riu profundamente.

SEGUNDA CHANCE PARA O AMOR

— Sabia quem você era e sobre o nosso passado. Amanda me acusou, naquela noite, de ainda ter sentimentos por você. Ela disse que viu o jeito que eu estava te olhando, e que nunca olhei para ela da mesma forma. Bem, de qualquer maneira, namoramos por um tempo e ela continuou me pressionando sobre o casamento, que era a última coisa em minha mente. Eu não a amava, não da maneira que amo...

Ele parou abruptamente e nossos olhos se arregalaram ao mesmo tempo. Ele estava prestes a dizer que não a amava como me ama? Esperei-o terminar a frase, mas fiquei desapontada quando tudo que ele fez foi passar os dedos pelo cabelo e rir, tentando desviar a atenção do que ia dizer. Ele falou de novo rapidamente:

— De qualquer forma, quando não professei meu amor eterno, ela me traiu com um dos meus amigos.

Engoli em seco.

— Oh, uau! Sei que não deve ter sido fácil de engolir. Sinto muito por você ter que passar por isso.

Ele encolheu os ombros.

— Não foi nem de perto tão difícil como o que você passou com seu marido.

Virei a cabeça de vergonha. Como eu poderia falar sobre meu marido quando estava deitada nua na cama com outro homem? As lágrimas começaram a se formar e, antes que eu pudesse esconder o rosto, Galen se inclinou sobre mim.

— Não chore, Korinne. Me desculpe por tocar nesse assunto. É que sei que você passou por muita coisa e quero que possa falar sobre isso comigo.

— Não é que eu não queira falar com você sobre isso — sussurrei.

— Então o que é? — murmurou, pegando meu queixo e guiando meu olhar para o seu.

Deixei-o virar meu rosto coberto de lágrimas para ele, cedi e admiti abertamente minha culpa.

— De certa forma, sinto que estou traindo Carson fazendo isso, mas também sei que ele se foi e que eu deveria seguir em frente. Não posso negar meus sentimentos por você, mas não sei como deveria me sentir. Você e eu temos uma história juntos, e isso foi muito antes de Carson aparecer, porém não posso deixar de sentir uma pontada de culpa com até mesmo a menor quantidade de felicidade que tenho. — Corei.

Galen colocou as mãos no meu rosto e me beijou suavemente nos lábios. Quando abri os olhos, seu olhar azul-claro me atingiu com amor puro. Ele respondeu calorosamente:

— Carson iria querer que você fosse feliz, Korinne. Você tem apenas 28 anos. Não me diga que estava esperando ficar sozinha para o resto da vida?

Balançando a cabeça, respondi:

— Não, não quero ficar sozinha, mas estou com muito medo de perder outra pessoa que amo.

— Oh, Korinne, você não tem que ter medo. Não vou a lugar nenhum.

— Você não sabe — rebati.

— Oh, sim, eu sei! — afirmou com força. — Eu *prometo* que sempre estarei aqui. Você tem a minha palavra.

— Como pode prometer isso? Nós não prevemos o futuro — falei suavemente.

— Sei que não prevemos o futuro, mas esse é apenas um risco que tem que estar disposta a assumir. Você não pode viver sua vida com medo, porque, se fizer isso, vai perder tudo.

Olhamos um para o outro por um tempo até Galen sorrir e pular da cama.

— Tenho uma ideia para aliviar o clima — disse com entusiasmo. Diante do meu olhar questionador, ele saiu do quarto e voltou com a minha mala. — Pegue sua roupa de banho. Vamos dar um mergulho.

— Mas está muito frio lá fora! — protestei.

Ele desabotoou a calça e deixou-a cair no chão. Antes de vestir a sunga, lancei um bom olhar em seu corpo glorioso. Nunca esqueci esse

SEGUNDA CHANCE PARA O AMOR

corpo ou como era ser tomada por ele. Galen era um homem difícil de esquecer. Balançando a cabeça para clarear os pensamentos, olhei para cima e percebi Galen sorrindo para mim. Pela expressão no seu rosto, eu tinha certeza de que ele sabia o que eu estava pensando.

Ele se inclinou sobre a cama e me deu um rápido beijo brincalhão.

— A piscina é aquecida, querida. Não haverá nada tremendo. — Meu rosto ficou vermelho brilhante enquanto ele saía do quarto e caminhava pelo corredor. — Vista-se e me encontre lá fora! — gritou.

Sentada em silêncio, tentei organizar meus pensamentos e respirar fundo. *Você pode fazer isso, Korinne*, eu me assegurei. Eu tinha perdido um amor, com certeza não iria acontecer de novo tão cedo. Só podia rezar para que isso não acontecesse porque, não importava o quanto tentasse, eu não acho que poderia me impedir de me apaixonar completamente pelo sedutor Galen Matthews... novamente.

Galen
Planos em movimento

O fim de semana acabou por ser um marco para meu relacionamento com Korinne. Falar com ela trouxe de volta todas as lembranças que compartilhamos juntos. Eu queria fazer amor com ela mais do que qualquer coisa, mas ela não estava completamente pronta ainda. Talvez, quando visse que eu não iria a lugar nenhum, poderia se abrir para mim. Olhando para o meu telefone, decidi enviar-lhe uma mensagem de texto.

Eu: *Ei.*

Kori: *Olá.*

Eu: *Como você está?*

Kori: *Tudo bem, e você?*

Eu: *Trabalhando.*

Kori: *Parece divertido. :)*

Eu: *Podemos conversar hoje à noite?*

Kori: *Claro.*

Eu: *Ótimo! Te ligo depois do trabalho.*

Kori: *Tudo bem!*

Não havia nada que eu pudesse fazer sobre o fato de Korinne sentir falta do seu marido, exceto estar lá para ela e mostrar que entendia. Eu sabia como era perder alguém que amava, mas minha perda fora meu pai. Havia uma diferença, mas ainda era uma perda que doía. Eu tinha uma ideia na minha cabeça de algo que poderia fazer por Korinne para mostrar-lhe que entendia e me importava. Pesquisando em meu telefone, encontrei o número do homem com quem eu precisava falar.

— Alô, Richard falando. — Sua voz veio do outro lado da linha.

— Richard, é Galen. Como você está? — cumprimentei-o calorosamente.

— Galen! Meu garoto, há quanto tempo. Como vai a família? — ele perguntou animadamente. Richard era um bom amigo do meu pai e também estava no conselho de administração do hospital, o mesmo no qual o marido de Korinne trabalhava.

— A família está indo muito bem. Ei, escute, eu gostaria de fazer uma doação para o hospital.

— Sério? — disparou. — Isso seria muito generoso da sua parte. Quanto quer doar?

— Dois milhões parece bom?

A linha ficou em silêncio e eu estava começando a pensar que a conexão tinha sido interrompida, até que ouvi Richard atrapalhar-se com o telefone. Felizmente, não lhe causei um ataque cardíaco.

Ele limpou a garganta e gaguejou:

— Eu ouvi direito? Você quer doar dois milhões de dólares?

Eu ri.

— Sim, está certo. Se não se importa, vou pedir para meu contador entrar em contato com você amanhã.

— Não, é perfeito, mas tenho que dizer que estou sem palavras, Galen. Muito obrigado. Existe uma razão pela qual está fazendo isso, ou para quem, se eu puder perguntar?

— Na verdade, há — confessei. — Quero em memória de Carson Anders. Soube do acidente e queria que ele fosse reconhecido por seu compromisso com o hospital.

    Richard suspirou.

    — Ah, sim, Dr. Carson. Ele foi um dos nossos melhores. O acidente foi uma tragédia. Nada foi o mesmo por aqui depois que ele se foi. Sei que sua esposa sofreu muito quando aconteceu.

    — Tenho certeza de que sim.

    — Sei que todos irão apreciar isso, filho. Se há algo que eu possa fazer por você, é só me avisar — Richard garantiu.

    — Farei isso, Richard. Mande lembranças à sua esposa.

    — Com certeza mandarei. Ela vai ficar feliz em saber que você ligou, e ela também sabe o que há neste fim de semana. Sarah mencionou outro dia.

    Eu ri.

    — Eu sabia que ela não iria esquecer.

    — Ela nunca esquece.

    — Fique bem, e falo com você novamente em breve — falei antes de desligar.

    Sarah era a esposa de Richard e uma mulher maravilhosa. Todos os anos, ela fazia meu bolo favorito no meu aniversário: veludo vermelho. No fim de semana seguinte, seria o meu aniversário, e eu faria 31 anos. Às vezes, me sentia mais velho.

    Alguém bateu na porta e Rebecca colocou a cabeça para dentro.

    — Nós tivemos outra ligação de cliente com um pedido pela Sra. Anders. Você já perguntou se ela vem trabalhar conosco? — ela quis saber, curiosa.

    Balançando a cabeça, respondi:

    — Não, ainda não. Não quero pressioná-la ou fazê-la se sentir pressionada. Eu meio que tentei uma vez e falhei.

    — Entendi. Talvez você tenha tentado muito cedo. — Ela suspirou. — Será que ela não percebe o quanto é incrível? Temos clientes todos os dias querendo que ela decore suas casas. Ela seria um ativo incrível para a empresa.

— Ela vale mais do que apenas um recurso, um lote inteiro a mais. Vou falar com ela neste fim de semana sobre isso.

Rebecca sorriu enquanto mastigava sua caneta.

— Algo me diz que ela vai aceitar. Pode estar sofrendo, mas acho que é mais forte do que você pensa. — Rebecca reuniu as matrizes dos nossos futuros projetos e deixou meu escritório.

Logo, eu ofereceria a Korinne algo que ela almejava desde que começou sua carreira. Eu só esperava que ela aceitasse.

O telefone tocou antes mesmo de eu sair do carro. Quando vi quem era, não consegui conter o sorriso que tomou conta do meu rosto.

— Pensei que eu ia ligar para você — falei ao telefone.

Korinne riu.

— E era, mas eu tinha que perguntar uma coisa. Ou melhor ainda, tinha que te *contar* uma coisa, porque não vou aceitar um não como resposta.

— Ah, eu gosto desse seu lado. Diga logo, então — provoquei, curioso para saber do que ela estava fazendo.

Korinne gritou entusiasmada:

— Temos planos para este fim de semana, só eu e você!

Sua excitação me fez sorrir de orelha a orelha.

— Nós temos? Que planos poderiam ser?

— Vou *te* surpreender desta vez! Faça uma mala porque vamos sair da cidade no fim de semana. Vou buscá-lo amanhã depois que você sair do trabalho.

— Estarei esperando — murmurei.

— Ótimo! Vejo você amanhã — respondeu com entusiasmo antes de desligar.

Agora essa era a Korinne que eu conhecia espreitando para fora de sua concha. Ela soava como a menina feliz e livre do passado, mas, de alguma forma, eu não poderia deixar de ser cauteloso. Ela estava realmente feliz ou era uma fachada? Talvez as coisas melhorassem para nós após o fim de semana. Passar mais tempo juntos sozinhos certamente ajudaria. Fugir com ela ia ser algo que ambos precisávamos, e agora tudo o que eu tinha a fazer era esperar chegar a hora. Claro, o tempo não ia se mover rápido o suficiente para mim.

Capítulo Nove

Korinne
A hora chegou

Às quatro da tarde, minhas malas estavam prontas e no carro, e eu estava apenas esperando a mensagem de Galen dizendo que estava pronto para ir. Eu estava esperando que ele mencionasse que era seu aniversário neste fim de semana, mas ainda não o tinha feito. Levá-lo para viajar era o meu presente, juntamente com algo um pouco mais íntimo que eu planejava lhe dar.

Galen foi meu primeiro amor real. Ele me fez sentir especial e compreendida, e nunca tinha me pressionado ou me rebaixado de forma alguma. Sempre foi solidário e cheio de vida. Nunca houve um momento de tédio quando ele estava por perto. Quando meu telefone tocou poucos segundos depois, a emoção borbulhou no meu peito, mas, quando peguei o telefone, vi que era minha mãe. Ela provavelmente iria me criticar porque eu não tinha ligado para ela.

— Oi, mãe! — respondi com alegria, esperando que isso suavizasse a situação.

— Por que não me ligou? — ela me repreendeu.

Resmunguei silenciosamente, sabendo que ela iria dizer isso. Ela sempre fora inflexível sobre eu ligar todos os dias para ela saber como estou.

— Sinto muito, mamãe, mas tenho estado um pouco... ocupada ultimamente.

— Uh-huh, como assim? — O tom parecia irritado e incrédulo.

Empolgada, eu disse:

— Bem, para começar, decorei uma casa outro dia.

Minha mãe suspirou.

— Oh, Korinne! Essa é uma notícia maravilhosa. Estou tão orgulhosa de você! — Ao ouvir suas palavras encorajadoras, sorri. Eu sabia que ela estava preocupada comigo, e pelo menos esperava que essa notícia impedisse sua irritação. — Então, significa que você recomeçará a trabalhar? — perguntou, parecendo esperançosa.

— Acho que sim... Realmente acho que sim.

Minha mãe guinchou e gritou a boa notícia para o meu pai, que provavelmente estava balançando a cabeça, com as mãos sobre as orelhas o tempo todo.

— Isso não é tudo, mãe! — Eu ri.

— O quê?! O que mais você poderia dizer que vai me deixar mais feliz?

Respirei fundo antes de dar a outra boa notícia.

— Estou saindo com alguém — soltei rapidamente. Segurei o telefone longe da orelha quando ela gargalhou novamente, só que mais alto agora.

— Quem é ele e quando podemos conhecê-lo?

— O nome dele é Galen, e não sei se estou pronta para essa etapa ainda.

— Galen? — repetiu minha mãe. — Humm... por que eu reconheço esse nome?

Eu ri.

— É porque eu o namorei antes... na faculdade. Você provavelmente se lembra de eu dizer seu nome.

— Acho que você pode estar certa. Estou começando a pensar que o *destino* deu uma volta aqui — ela disse, enfatizando a palavra "destino". — Não era por ele que você estava tão desolada quando transferiu a faculdade?

— Sim, é ele — respondi suavemente.

— Bem, parece que vocês dois têm uma segunda chance. Talvez esteja escrito que se encontrariam novamente. Estou tão feliz que me contou, querida. Vou conseguir descansar melhor à noite sabendo que você está feliz. Eu estava realmente preocupada.

— Eu sei, mas as coisas estão melhorando — admiti de todo o coração. Meu telefone tocou no meu ouvido e, quando olhei o visor, vi que era uma mensagem de Galen. Meu coração acelerou com a visão do seu nome, e eu não poderia conter o sorriso largo que se espalhou pelo meu rosto, mesmo se eu quisesse. — Mãe, tenho que ir. Galen está chamando — eu disse alegremente.

— Tudo bem, então. Eu te amo e fique bem, querida.

— Eu também te amo, mãe. — Desligando a chamada, atrapalhei-me com as chaves para ver a mensagem de Galen.

Galen: *Cheguei em casa mais cedo. Vou estar pronto em 15 minutos.*

Eu: *Ótimo! Estou a caminho.*

Galen: *Mal posso esperar.*

Eu: ☺

Evitar que a emoção borbulhasse era impossível. No caminho para sua casa, não consegui parar de sorrir; minhas bochechas estavam doloridas no momento em que o vi. Ele trouxe sua mochila quando estacionei na garagem. Apertando o botão para abrir o porta-malas, esperei no carro, enquanto Galen guardou sua bagagem. Ele deslizou no banco da frente e não demorou muito para seu perfume inebriante encher o carro. Eu estava em tal ponto que, se pudesse, teria subido nele ali mesmo. Eu tinha certeza de que seus vizinhos o expulsariam. Galen sorriu e se inclinou para me beijar, apenas um beijo simples.

— Eu senti sua falta esta semana — disse ele, sorrindo.

— Faz apenas alguns dias. Você é ocupado demais para sentir minha falta — brinquei.

— Humm... se é nisso que você quer acreditar... Então, aonde estamos indo?

— Eu não vou te dizer — provoquei com uma voz cantante. — Você vai se divertir, isso eu prometo.

— Oh, eu sei que vou — disse, com a voz rouca.

Olhei-o com o canto do olho e pude vê-lo mordendo o lábio quando olhou para mim. Por que ele tinha que ser tão atraente? Estar sexualmente frustrada não era fácil quando você tinha uma viagem de duas horas pela frente. Especialmente se está presa no carro com um homem que poderia se passar por um deus grego e estava te olhando como se quisesse te devorar.

— Quanto tempo vai demorar para chegar lá?

— Duas horas. Por quê? — respondi com ceticismo.

Ele sorriu, deixando que a covinha na bochecha esquerda me provocasse.

— Por nada, só para saber quanto tempo tenho para te torturar.

Visivelmente tensa, agarrei o volante com toda força. Meu coração estava acelerado e meus nervos, vibrando loucamente. Olhando para sua cara, eu poderia dizer que a ideia de tortura não era um jogo simples de viagem.

— O que você quer dizer exatamente com torturar-me?

— Você vai ver — disse ele enquanto apontava para a estrada. — Apenas se concentre na estrada e nós vamos ficar bem.

Contorcendo-me no assento, tentei duramente me concentrar na estrada. *Estou com um problemão*, pensei.

Ainda tínhamos uma hora até chegarmos ao nosso destino, e tive a estranha sensação de que a tortura estava prestes a começar. Uma vez que o céu ficou mais escuro, eu sabia que Galen iria atacar. Quando soltou o cinto de segurança, eu sabia que tinha razão. Ele se moveu lenta e levemente e pressionou seus quentes lábios macios na base do meu pescoço, arrastando-os para minha clavícula. Colocando a mão na minha coxa, ele começou o caminho lento e tortuoso até uma parte minha que exigia seu toque. O calor de suas mãos infiltrou-se em meu corpo, me deixando quente de dentro para fora.

— O que está fazendo? — perguntei, liberando uma respiração instável.

Ele respondeu com a voz rouca:

— Te torturando.

Gemi quando levantou minha camisa e gentilmente mordeu um mamilo através do sutiã. Fiquei molhada com seu toque e suspirei com uma necessidade tão grande que achei que fosse explodir. Galen puxou meu sutiã por cima do meu seio e alcançou meu mamilo, sugando avidamente. Sua mão mergulhou fundo dentro da minha calcinha e explorou cada centímetro meu. Esse tipo de tortura era algo que eu sabia que iria amar. Galen enfiou seus dedos em mim, entrando plenamente, tanto quanto poderia ir, e mudou para um ritmo rápido, enquanto ainda sugava meu seio. O formigamento do orgasmo cresceu e cresceu até que, logo, eu sabia que não poderia prendê-lo por mais tempo. Respirando pesado, tentei desesperadamente me concentrar na estrada, mas os golpes quentes de Galen estavam me deixando à beira da euforia.

— Você está ficando mais apertada, Korinne. Goze, querida — Galen exigiu.

Seu hálito quente contra meus seios expostos me fez gemer quando o orgasmo me levou a um nível totalmente novo. Ele continuou a acariciar e me penetrou profundamente até que as ondulações do clímax lentamente diminuíram. Fiquei relaxada, sem fôlego e totalmente saciada... ou, pelo menos, naquele momento.

Suspirei pesadamente.

— É melhor ficar feliz por eu não ter batido.

Galen apenas riu.

— Eu não teria deixado isso acontecer e, além disso, você estava no controle completo.

Olhando seu sorriso triunfante, eu não conseguia entender o quanto ele parecia sexy naquele momento. Também não conseguia superar a protuberância em suas calças, esforçando-se para ser liberada.

— Tire a calça — eu disse com firmeza.

Seu sorriso diabólico ficou mais amplo, quando ele percebeu que eu estava falando sério.

— Estou sentindo cheiro de vingança? — brincou.

— Você sabe que sim.

O brilho nos seus olhos aumentou quando ele desabotoou a calça devagar, liberando seu grosso eixo duro. Meus olhos se arregalaram com a visão dele. Agora que estava totalmente ereto e pronto, era maior do que eu me lembrava. Se eu não estivesse dirigindo, estaria explorando-o com a língua, mas, dadas as circunstâncias, eu só conseguiria fazer o que era possível. Envolvendo a mão firmemente em torno do seu eixo, comecei a massagear de cima para baixo. Lentamente, no início, para que pudesse vê-lo contorcer-se, mas depois peguei o ritmo, amando o modo como seus olhos reviraram, apreciando o *meu* tipo de tortura. Ele suspirou e deixou cair a cabeça para trás contra o encosto do banco. Movendo os quadris com meus movimentos, eu podia sentir seu pau ficando mais duro e pulsante sob meus dedos, deixando-me saber que ele não estava longe de perder o controle.

— Faz tanto tempo. Por favor... vá mais rápido — implorou. Movi minhas mãos mais rápido e seus gemidos ficaram mais profundos. — Oh, foda, Korinne! Isso é... tão... porra... bom — Galen falou entre os dentes.

Quando a pulsação ficou mais forte, eu sabia que ele estava prestes a terminar. Acariciei-o mais forte e mais rápido, até que, depois de mais alguns movimentos, ele finalmente veio. Galen sacudiu com espasmos vigorosos algumas vezes antes de relaxar lentamente no assento e soltar um suspiro de alívio. Abrindo o console central, entreguei-lhe uma caixa de lenços. Ele pegou-os com um sorriso e limpou-se.

Galen olhou para mim com olhos semicerrados cheios de promessas.

— Isso foi bom, mas eu teria dado qualquer coisa para estar dentro de você —afirmou.

— Oh, foram apenas as preliminares — provoquei.

Ele sorriu.

— Bem, então mal posso esperar para ver como vai ser o final.

Pisquei para ele, mas não entrei em detalhes sobre o que tinha planejado para a noite. As estradas sinuosas das montanhas da Carolina do Norte eram um pouco assustadoras durante a noite, mas felizmente não tivemos que prosseguir muito mais nelas antes de chegarmos à cabana para onde eu estava nos levando.

Depois de passar por cascalho e deserto à procura de estradas, chegamos ao destino. A bela cabana de três quartos ficava no topo de uma colina, que teria a melhor vista quando o sol nascesse pela manhã. Procurei na internet pelo lugar perfeito e, quando vi essa cabana, eu sabia que tinha que tê-la.

— O que acha? — perguntei, virando-me para Galen.

Seus olhos suaves olharam para mim com amor e adoração.

— Eu acho que é incrível, Korinne. Obrigado por me trazer aqui.

— De nada. — Sorri antes de abrir minha porta.

Pegando nossas malas, caminhamos para a cabana. Digitei o código no teclado eletrônico e abri a porta para o nosso refúgio do fim de semana. Cabanas de madeira aninhadas nos bosques eram tão tranquilas e rurais. Era o lugar perfeito para fugir da vida cotidiana. Um dia, eu ainda teria minha própria cabana e viveria nas montanhas Blue Ridge.

— Devemos escolher um quarto? — perguntou Galen.

Apontei para o corredor.

— Acredito que o quarto principal seja lá embaixo.

Ele pegou nossas malas, mas, em seguida, sorriu para mim antes de desaparecer pelo corredor. Galen gritou:

— Não sei você, mas estou pensando em usá-lo todo o fim de semana!

Eu ri, mas ouvi a seriedade em sua voz. *Eu não vou reclamar disso*, pensei.

— Há uma banheira de hidromassagem, sabia? — gritei de volta.

Poucos minutos depois, ele veio pelo corredor, completamente nu.

— E é para lá que eu vou — disse.

Parada com os olhos arregalados e congelada, assisti-o quando ele abriu a porta dos fundos e saiu. Ouvi-o suspirar quando mergulhou na água fumegante.

— Você vem? Estou solitário aqui fora! — ele chamou para me motivar.

Respirando fundo, tirei minhas roupas uma peça de cada vez. Galen não pensou em pegar toalhas, por isso, peguei duas no banheiro mais próximo, antes de sair e envolver uma em meu corpo. Lá, observando-me, estava Galen com vapor emanando da banheira de hidromassagem. Sorrindo de forma convidativa, ele fez sinal para mim. Coloquei a toalha em uma cadeira próxima antes de abrir lentamente a que envolvia meu corpo, provocando-o, fazendo-o lentamente. Hipnotizado, Galen olhou para mim o tempo todo, o desejo evidente em seu olhar.

— Você é tão bonita — admitiu ele, de todo o coração.

— Obrigada — respondi, entrando na água quente. Acomodando-me no assento em frente a Galen, eu poderia dizer que ele queria me perguntar algo. — O que está pensando?

— O que te fez querer vir aqui?

— Pensei que precisávamos sair para ter uma chance de recuperar o atraso sem qualquer distração — eu disse, encolhendo os ombros.

— Só isso? — insistiu. — Nenhuma outra razão?

Balançando a cabeça, eu ri. Sabia aonde ele queria chegar, mas não ia estragar a surpresa.

— Não, nenhuma outra razão — eu disse superficialmente.

Ele pareceu um pouco desapontado e eu odiava fazer isso com ele, mas queria surpreendê-lo. Animá-lo não seria um problema.

Casualmente, me mexi em torno da banheira de hidromassagem, observando Galen o tempo todo. Quando cheguei perto dele, pus meus braços ao redor de seus ombros e montei em sua cintura. Seus olhos ardiam com o desejo e eu sabia que os meus transmitiam a mesma coisa.

— Eu disse que no carro eram preliminares. Agora é hora da diversão de verdade — disse acaloradamente.

Antes que eu pudesse dizer qualquer outra coisa, Galen tomou meus lábios e entrelaçou sua língua macia e molhada na minha. Seu domínio sobre o meu corpo era firme e possessivo, segurando-me contra sua pele quente. Seu pênis estava ficando mais duro debaixo de mim, e gemi em sua boca em resposta. Movi meus quadris contra seu pênis para lhe dar um gosto, uma amostra de qual seria a sensação de montar nele. Galen gemeu com a necessidade e mordeu meu lábio inferior. Seu aperto forte na minha bunda me manteve firmemente no lugar enquanto ele me moveu mais contra sua virilha.

— Por favor, pare de me provocar — ele implorou.

— Eu acredito que você seja o único provocando no momento, mas gosto de provocar. Considere isso uma vingança por me torturar no carro — comentei.

Olhando em seus olhos azuis febris, eu sabia que, se não o tomasse, ele certamente me tomaria. Levantei meus quadris e permiti que a cabeça do seu pênis passasse por minha abertura. Pelo aperto, eu sabia que estava matando-o não ser capaz de me puxar para baixo em cima dele. Eu movi-me por cima suavemente, permitindo que entrasse apenas a cabeça, sabendo que era seu ponto sensível. Gemendo, ele tomou um mamilo na boca e chupou-o firmemente. Galen sempre soube como me excitar. Arruinou qualquer nível de paciência que eu poderia ter tido explorando meus seios com a língua sensual. O formigamento do meu desejo e a necessidade por ele não me deixaram esperar mais, então me abaixei em seu pau duro. A sensação de ser esticada e preenchida até o fundo trouxe o desejo e o anseio que eu tinha por aquele homem. Eu queria, precisava, e agora o tinha ao meu alcance. As mãos de Galen na minha bunda me estimularam mais quando ele me guiou, mais e mais rápido, movendo-me sobre sua virilha com esforço. A água quente parecia um cobertor contra a minha pele sensível. Deixei-a confortar-me e manter-me quente quando cavalguei as ondas de desejo.

Eu estava tão perto de perder o controle...

— Posso gozar dentro de você? — ele perguntou com a voz grossa em meu ouvido.

Recuando, olhei em seus olhos azuis famintos. O calor e a luxúria eram palpáveis, o que só fez meu corpo ansiar por mais de seu toque e amor.

— Sim — gemi, ofegante.

Dar-lhe a resposta desencadeou o fogo em suas veias. Ele agarrou meus quadris com mais força, me movendo mais e mais rápido para cima e para baixo, acelerando. A sensação do orgasmo me fazia literalmente quase explodir com a necessidade e eu não conseguia parar de apertar mais sua ereção conforme o orgasmo se construía. Movendo-nos freneticamente juntos, em sincronia e com fome desesperada um do outro, o orgasmo finalmente explodiu quando senti o calor da libertação de Galen dentro de mim. Uma vez que a felicidade dos efeitos secundários diminuiu, nos abraçamos apertado, deixando a água quente nos relaxar, como se viesse de uma onda de puro êxtase. A intimidade desse ato tinha me deixado sem palavras e cheia de esperança. Talvez eu *fosse* capaz de fazer isso, talvez eu estivesse começando a amar novamente.

Capítulo Dez

Galen
Melhor aniversário

Quando meus olhos finalmente se abriram, olhei para o relógio e vi que eram 10h30 da manhã. Eu não dormia até tão tarde há anos, mas foi bom saber que não iria para o trabalho. Olhando para o teto com vigas de madeira, sorri enquanto as memórias da noite anterior vieram à tona. Depois da nossa noite na banheira de hidromassagem, entramos e desmaiamos na cama, ou pelo menos ela o fez. Observei-a a maior parte da noite, segurando-a enquanto ela dormia. Me lembrei um momento em que a segurei e observei-a chorar até dormir, há oito anos, mas, desta vez, ela não iria me deixar como ela fez naquela época. Eu planejava tê-la em meus braços pelo resto da vida... se ela me quisesse. Só quando eu soubesse que ela estava pronta é que iria perguntar a ela.

Na verdade, me dei conta de que Korinne estava longe de ser encontrada. O cheiro de bacon e ovos permeava o ar, e meu estômago roncou em protesto. Vestindo uma boxer, segui o cheiro até a cozinha. Korinne estava de costas para mim, profundamente concentrada no que estava fazendo, então decidi esgueirar-me por trás dela...

— Te peguei!

— Ahhh! — ela gritou e, no processo, me deu um tapa na cara com uma espátula cheia de cream cheese gelado, macio e fofo. — Puta merda, Galen... Sinto muito! — Korinne gritou.

Fiquei ali congelado, creme escorrendo pelo meu rosto, enquanto sua expressão perplexa se transformou lentamente em diversão. Ela começou a rir e se dobrou, segurando a barriga. *Será que ela acharia engraçado se eu a sujasse com o cream cheese?*, pensei. Os olhos de Korinne se arregalaram quando me viram chegar, com passos predadores e lentos, perto dela com um brilho em meu olhar. Ela balançou a cabeça e começou a se mover freneticamente para longe de mim.

— Não se atreva! — ordenou com força, segurando a espátula pegajosa como uma arma.

— Ou o quê? — rebati, provocando-a.

Ela não perdeu tempo e circulou a mesa enquanto eu corria atrás dela, mas não se moveu rápido o suficiente. Agarrei-a pela cintura, derrubando-a no chão.

— Você não pode escapar de mim, Korinne.

Esfregando o rosto coberto de creme gelado no dela, eu ri. Ela gritou e tentou desesperadamente lutar comigo, mas foi inútil.

Respirando com dificuldade e parecendo sexy como o inferno, eu não conseguia parar de olhá-la.

— Acho que é uma coisa boa não poder escapar. Amo estar em seus braços — Korinne admitiu.

Olhando para seus lábios, percebi que eles estavam cobertos de creme. Inclinei-me como se fosse beijá-la, mas, ao invés disso, lambi o creme. Ela riu o tempo todo, mas depois me empurrou.

— Feliz aniversário! — gritou enquanto peguei sua mão e a ajudei a levantar do chão. Ela deslizou para a cozinha e revelou a obra-prima que estava coberta com o delicioso creme. Eu não podia acreditar que não notara isso quando vim para a cozinha. — Você pensou que eu tivesse esquecido, não é? — perguntou, segurando o bolo.

Dei de ombros com indiferença, não querendo que ela soubesse que significou muito para mim ela ter se lembrado.

— Eu não estava muito preocupado com isso — respondi, minimizando.

Ela me olhou com ceticismo.

— Por algum motivo, não acredito nisso. Acho que me lembro de você ansioso por aqueles bolos de veludo vermelho que ganhava todo ano. Você era como um menino no Natal, quando era seu aniversário.

— Tudo bem, você me pegou. — Bufei de brincadeira. — Então, já que sou o aniversariante, isso significa que você tem que fazer tudo o que eu disser?

Estreitando os olhos, ela mordeu o lábio inferior.

— Depende. O que tem em mente? — Ela pegou um pouco do creme gelado da tigela e, lentamente, lambeu-o de seu dedo.

Meu pau endureceu instantaneamente com a visão, e vi como seus olhos passaram pelo meu rosto até meu pau duro.

— Que tal fazermos sexo o dia todo? — pedi, levantando as sobrancelhas.

Ela riu e jogou um pano de prato e sabão para mim. Tentei alcançá-la, mas ela escapou de mim.

— Por mais que isso pareça divertido, não acho que vá funcionar.

— E por que não? — perguntei, de repente.

— Porque tenho planos de fazer o jantar e não posso fazer isso se estivermos na cama — disse ela, revirando os olhos.

— Quem disse que temos que estar em uma cama? — Apoiei-me na mesa para testar se suportava o peso. — Sim, acho que a mesa vai nos aguentar — concluí, rindo.

Parecia que ela estava pensando, mas, em seguida, seus olhos se arregalaram e ela engasgou com entusiasmo.

— Está nevando!

Virei-me rapidamente para ver o que ela estava olhando. Enormes flocos de neve estavam caindo rapidamente e cobrindo toda a superfície, tanto quanto se podia ver. Korinne correu para a janela e olhou com admiração para as maravilhas do inverno.

— Sabe, é uma merda não termos neve assim em casa. Quer dizer, o que geralmente temos é talvez uns três centímetros de neve por ano... se chegar a isso — lamentou, olhando para mim.

SEGUNDA CHANCE PARA O AMOR

— Você se lembra de quando tivemos aquela nevasca há dois anos? — perguntei.

— Sim, ficamos sem energia por alguns dias. Estava tão frio.

— Bem, pensei que me divertiria andando de moto. Não preciso dizer que não me saí muito bem. — Ri.

— O que aconteceu? Você quebrou alguma coisa?

— Sim, minha perna. Também não me senti muito bem — admiti.

— Acho que não — falou com desaprovação, enquanto voltava a olhar pela janela. — Coisas assim são perigosas, Galen. Você precisa ser mais cuidadoso.

— Sempre sou — disse baixinho.

Fui por trás dela e passei meus braços em volta da sua cintura, curvando-me para sentir o cheiro doce do seu xampu. Ela se inclinou para o meu toque e jogou a cabeça para trás, olhando-me com contentamento absoluto.

— Nunca pensei que iria sentir-me tão feliz de novo — sussurrou. — Me desliguei completamente quando Carson morreu. Me senti tão perdida, mas, quando você voltou à minha vida, era como se eu pudesse sentir novamente. Galen, eu... — Seus olhos se arregalaram e, nesse instante, meu coração parou.

— O que você ia dizer? — perguntei em voz baixa.

Ela levantou a cabeça e riu, mas eu poderia dizer que era um riso nervoso. Acho que não estava pronta para expressar esses sentimentos ainda.

— Eu ia dizer que mal posso esperar por mais neve. Precisamos ir lá fora e fazer uma guerra de bola de neve — Korinne sugeriu.

Fugindo de mim, ela voltou para a cozinha para colocar os ovos e o bacon em nossos pratos. Suspirei, silenciosamente perguntando-me por que ela não podia simplesmente permitir-se sentir o que estava sentindo. Eu sabia que ela se importava comigo. Korinne não iria passar por tudo isso se não o fizesse. O amor em seus olhos era evidente, mas algo ainda a estava impedindo. Poderia ser que ela estivesse esperando que eu lhe dissesse como me sentia antes de ela se abrir?

L.P. DOVER

— Está com fome? — ela gritou. — Eu estou morrendo de fome.

— Faminto — respondi, enquanto sorria para ela.

Nós assistimos a neve continuar a cair enquanto tomamos o café da manhã em silêncio. Para quebrar o clima, precisávamos de uma distração. Eu planejava desafiá-la para uma luta, e seria uma guerra de bola de neve. Foi sugestão sua, mas eu estava determinado a torná-la um pouco mais interessante. Ela não sabia ainda, mas o vencedor iria ganhar o direito de fazer o que quisesse com o outro. Korinne poderia não gostar do resultado, mas era uma luta que eu ia, sem dúvida, ganhar. As paredes ao redor do seu coração iriam quebrar, mesmo que fosse a última coisa que eu faria na vida.

Os olhos de Korinne se arregalaram quando expliquei os benefícios do vencedor.

— Você é mais forte e mais rápido do que eu! Não é justo! — protestou. — Vai ganhar, com certeza.

Dei de ombros.

— É meu aniversário. Acho que mereço ganhar.

Ela estreitou os olhos.

— Tem certeza de que não está se aproveitando da situação? — brincou.

Korinne bateu no meu braço quando tudo que fiz foi sorrir presunçosamente. Pelo menos, ela estava brincando e não em silêncio como esteve no café da manhã. Eu não tinha exatamente lhe dito como me sentia, mas planejava fazer isso naquela noite quando tivesse uma chance.

— Está pronta para ir lá fora? — perguntei.

Ela se aconchegou mais em seu casaco e calçou as luvas. Veio preparada, e não me avisou antes de me trazer aqui no frio gélido das montanhas. Tudo que eu tinha era um casaco fino e nenhuma luva.

— Estou pronta. — Ela sorriu.

Assim que abri a porta, ela saiu, circulando a cabana e saindo do meu alcance. Suas pegadas eram evidentes na neve, então as segui.

— O primeiro que conseguir acertar dez vence! — gritei. Nesse momento, Korinne saiu de trás de uma árvore e me acertou no peito. — Ahh! — rugi.

A força dela pinicou, para não mencionar toda a neve que escorregou por minha jaqueta, gelando-me até os ossos.

— Você vai pagar por isso! — resmunguei. — Seu castigo será ter que fazer o jantar nua hoje à noite! — Eu sabia que isso iria incentivá-la. Peguei um punhado de neve assim que ela apareceu para protestar. Joguei a bola, que bateu bem em seu ombro, pegando-a desprevenida.

Grunhindo com o impacto, ela me olhou com raiva.

— Vai ter sorte se eu cozinhar qualquer coisa agora! — retrucou de forma agressiva.

Sorri para ela e isso a irritou ainda mais. Ela sempre teve uma veia competitiva e, conforme ficava com raiva e lutava comigo, eu a achava cada vez mais sexy. Amava uma mulher que lutava por aquilo que queria.

Após inúmeras tentativas, fiquei chocado ao ver que estávamos, na verdade, empatados. Ela tinha se saído melhor do que pensei. Nós dois tínhamos nove pontos, apenas mais um e ela seria minha. Nossos passos estavam marcados na neve em todo o quintal, por isso era impossível seguir o outro. A neve estava deixando meus dedos da mão dormentes enquanto eu caminhava lentamente ao redor da cabana. Parei quando ouvi um leve rangido atrás de mim... Era ela. Concentrando-me em seus passos, pude dizer que estava chegando mais perto. Esperei pacientemente que chegasse mais perto antes de abordá-la. No três, eu sabia que a pegaria. Um... dois... três! Nós dois caímos rindo e isso foi quando consegui meu décimo e vencedor acerto. A neve cobriu seu cabelo quando esmaguei a bola de neve suavemente sobre sua cabeça. Ela riu e fez exatamente a mesma coisa em mim com a bola de neve em sua mão.

— Ganhei! — me gabei, sorrindo diabolicamente para ela.

— Sim, você ganhou — ela concordou. — Agora, o que você quer que eu faça, já que sou sua escrava pelo resto da noite?

Eu poderia pensar em um milhão de coisas que poderíamos fazer, mas não queria que ela pensasse que sexo era a única coisa em minha mente quando estava com ela. Era uma das coisas principais, mas só porque eu queria estar perto dela. Olhando para o relógio, fiquei chocado ao ver que já estávamos lá há três horas.

— Que tal vestir roupas quentes e assistir a um filme? Então, podemos fazer o jantar juntos. O que acha disso?

— Parece ótimo, mas e o negócio de "ter uma chance comigo"? — zombou.

— Confie em mim, isso virá mais tarde — prometi.

Puxando-a pela mão, fomos para o calor da cabana. Ainda havia uma coisa que eu tinha que perguntar a ela, mesmo que tivesse que ir pelas beiradas. Só precisava encontrar o momento certo para descobrir se ela estava pronta para trabalhar para mim.

Depois de ser expulso da cozinha três vezes, finalmente fui para a sala de estar para assistir TV. O jantar que Korinne estava fazendo tinha um cheiro incrível. Eu deveria saber que ela iria fazer o meu prato preferido. Alho e temperos italianos estavam dominando o ar, fazendo minha boca ficar cheia de água e meu estômago roncar. O café da manhã não durou muito tempo depois da tarde que eu e Korinne tivemos, correndo ao redor do quintal por três horas. Sempre acreditei que ninguém poderia superar o espaguete da minha mãe, mas eu estava completamente errado. O de Korinne venceu com folga.

— O jantar estará pronto em cerca de dez minutos — Korinne me informou.

— Que bom! Espero que tenha trazido alguns filmes, porque não há nada de bom na televisão agora — eu disse enquanto zapeava entre os canais de televisão.

— Na verdade, eu trouxe — respondeu maliciosamente. Seu sorriso travesso apareceu quando me virei para olhá-la. Conhecendo-a, eu tinha uma boa ideia de que filme ela tinha em mente. — Você acha que pode adivinhar o que eu trouxe?

— Deixe-me pensar. Orgulho e Preconceito? — perguntei suavemente.

Ela riu.

— Não.

— Harry Potter?

Riu novamente.

— Não.

— E a última temporada de True Blood?

— Não, mas eu realmente gosto desse seriado. Bill e Eric são completamente dignos de se desmaiar.

— Eu sabia que você gostava dessa série. Se não for nenhum desses, então não tenho ideia dos filmes que você trouxe — eu disse, jogando as mãos no ar.

Ela saiu da cozinha e foi até o sofá com um brilho forte nos olhos. Subiu e montou no meu colo, o que me pegou completamente de surpresa. *O que aconteceu?*, eu me perguntei. Num minuto, estávamos falando de filmes e, no outro, ela estava subindo no meu colo para me seduzir. Eu definitivamente não estava esperando por isso. Ela começou a beijar meus lábios, minha mandíbula, depois deu mordidinhas no meu pescoço ao longo do caminho. Meu pau instantaneamente endureceu, então peguei sua bunda e puxei-a mais apertado contra mim. Eu queria sentir seu calor se esfregando no meu pau.

Ela gemeu e mordeu minha orelha. Seu hálito quente no meu pescoço enviou arrepios pelo meu corpo, e tudo que eu queria era fazer amor com ela, sentir o calor de sua carne em torno da minha.

— Mais uma chance — ela sussurrou com a voz rouca, arrastando a língua no meu pescoço. — Se adivinhar o filme desta vez, vou te pegar aqui e agora. — Ela acentuou a última palavra com um torturante movimento contra o meu pau. Como eu poderia dizer não àquilo?

— *O Senhor dos Anéis* — disparei.

Ela parou abruptamente seus movimentos tortuosos e se afastou para olhar para mim com um sorriso enorme no rosto.

— Eu sabia que você estava brincando comigo! — zombou. — Só por isso não vou cumprir minha parte no trato.

Por que caí naquela? Eu deveria ter sabido que ela estava me testando. Gemi quando ela saiu do meu colo para voltar para a cozinha.

— Você é uma provocadora! — gritei de brincadeira.

Ela riu o tempo todo ao terminar o jantar. Eu sabia que ela ia escolher *O Senhor dos Anéis*. Nós o assistimos pela primeira vez juntos e ela tinha amado desde então. Se estivesse feliz, o assistia; triste, o assistia; e, com certeza, quando estava doente, o assistia. Eu não tinha assistido desde a última vez que vimos juntos.

O jantar foi excelente, especialmente depois que comemos um pedaço de bolo veludo vermelho. Foi o melhor aniversário que eu tive em anos. Não só Korinne trouxe o nosso filme favorito, mas também os outros dois da série. Sentar tão perto dela no sofá com toques aqui e ali foi o suficiente para me deixar louco, para não mencionar que o tempo estava se arrastando.

Eu bocejei.

— Está ficando muito tarde. Com toda a correria de hoje, estou acabado. — Se fosse pela minha vontade, eu a tomaria no sofá, mas me segurei porque ela amava seus filmes e eu não queria tirar isso dela, mesmo que os tivesse visto provavelmente mais de cem vezes.

— Você não pode ir dormir agora! Não terminamos nossos filmes ainda. — Ela sorriu, e eu pude ver a maldade em seus olhos.

Eu poderia dizer que ela estava me provocando, mas, antes que eu pudesse fazer um movimento, Korinne moveu-se. Ela passou a mão levemente sobre o meu pau e isso me enrijeceu. Apenas o mais leve toque seu me fez ficar duro em segundos. Ela abaixou-se para o chão e abriu minhas coxas, deslizando para se posicionar entre elas. Desabotoando minha calça jeans, lentamente me liberou com suas mãos macias e quentes. Olhei em seus olhos cinza-esfumaçado, enquanto ela olhou nos meus, me dizendo como eu estava reivindicando-a. Ela pegou meu pau e deslizou a mão para cima e para baixo, apertando com força. Meu controle foi facilmente testado naquele dia, e eu não sabia como poderia aguentar muito mais de sua provocação. Fechando os olhos, apreciei a sensação de seu toque. Ela começou a abrandar a mão e fui pego de surpresa quando senti algo quente e molhado passando ao redor do meu pênis. Inclinando a cabeça para trás contra o sofá, gemi enquanto ela lambeu e chupou meu pau, massageando-me na base e me levando tão longe quanto podia em sua boca. Ela começou a gemer e levou todo o controle que eu tinha para não explodir.

— Korinne — implorei.

Ela aliviou seu aperto, e, tanto quanto eu não queria que ela parasse, eu sabia que, se ela quisesse que eu durasse mais, então deveria fazê-lo.

— Você está bem? — perguntou, sem fôlego. Seu belo rosto estava corado e seus lábios, vermelhos como fogo, um fogo que eu estava morrendo de vontade de deixar queimar-me. Pegando-a pelos cotovelos, eu a coloquei de pé.

— Tudo ótimo, mas não quero terminar isso aqui.

— Onde você quer, então? — Ela sorriu.

— Não me importo onde nós terminaremos, contanto que eu faça *amor* com você — respondi com todo o amor no meu coração.

Ela pulou em meus braços e plantou seus lábios ferozmente nos meus. Tropeçando pelo corredor, tentei desesperadamente nos levar para um quarto e uma cama. A primeira porta que vi no corredor teria que servir. Invadi-o enquanto Korinne estava me encantando com os lábios. Antes de colocá-la na cama, peguei sua camisa e rasguei-a. Incapaz de conter meu desejo, massageei seus seios com firmeza e puxei para baixo o sutiã para tomar um mamilo carnudo e redondo na boca, provocando-o com a língua. Ela sempre era doce como frutas, mas havia outra doçura que eu estava morrendo de vontade de provar. Korinne arfou e começou a puxar minha calça. Sua leitosa pele branca brilhava na escuridão do quarto, e eu não queria nada mais do que explorar cada centímetro dela com as mãos e reivindicar seu corpo com o meu.

L.P. DOVER

Eu me arrastei para fora da cama para tirar a calça e a boxer, e todo o tempo Korinne olhou hipnotizada para mim. Ela ficou lá, apoiada em seus cotovelos, seminua em seu sutiã e calça de yoga preta. Agarrando o cós de sua calça, deslizei-a em suas pernas longas e macias, juntamente com sua roupa de baixo. Ela acomodou-se no travesseiro e sorriu para mim. *Maldição, ela era tão sexy e bonita*, pensei. Eu sabia por que nunca seria feliz com outra pessoa que não ela, porque ninguém tinha sequer chegado perto de se comparar a ela.

Movendo suas pernas para o lado com o meu joelho, ela suspirou em antecipação. Eu poderia dizer que estava dolorida por mim, mas precisava saboreá-la primeiro. Fazia muito tempo desde que a tive dessa maneira. Beijei ao longo de sua coxa até sua abertura exuberante. Ela estremeceu quando lambi lentamente seus pontos sensíveis. Eu podia sentir sua umidade doce na minha língua e meu pau pulsava com a necessidade de tomá-la forte e rapidamente. Eu disse a mim mesmo: *ainda não*. Entrando nela com a minha língua, ela arqueou as costas de prazer e moveu seu corpo contra o meu rosto. Agarrou a cabeceira e eu olhei para cima para vê-la respirando com dificuldade, fazendo seus seios subirem e descerem sedutoramente. Estendi a mão para massagear um daqueles seios enquanto a torturava com a língua. Amei vê-la se contorcer. Deixando seu calor escorregadio, movi-me lentamente por seu corpo, arrastando a língua para sua barriga até chegar aos seios. Korinne abriu os olhos e me observou enquanto eu massageava seus montes macios. Tirei seu sutiã e o joguei do outro lado do quarto. Seus mamilos estavam eriçados e prontos para a atenção que eu tinha a oferecer. Seus seios eram a minha parte favorita em seu corpo, e eu não podia deixar de aproveitá-los. Sugando avidamente um dos mamilos franzidos, massageei firmemente o outro seio.

— Por favor, Galen — ela murmurou, impotente.

Eu ri levemente enquanto mordia seu mamilo. Ela se abriu mais e tentou mover-se para baixo no meu pênis, mas não deixei. Ela gemeu e olhou-me com impaciência.

— Eu preciso de você. Por favor, Galen, não acho que posso lidar com isso muito mais tempo.

A necessidade em seus olhos me hipnotizou enquanto eu olhava para aquelas piscinas cinza. Eu faria qualquer coisa por aquela mulher deitada debaixo de mim. Se ela tivesse me pedido para acompanhá-la na transferência na faculdade, eu o teria feito. Ela não fez isso porque sabia que era onde eu deveria estar. Tocando seu rosto levemente, ela se inclinou, beijando minha palma. Era um gesto íntimo e amoroso. Eu ia fazer amor com aquela mulher e não havia nenhuma maneira de eu deixá-la ir depois disso.

Entrei tão profundo como poderia. Gemendo alto no meu ouvido, ela me agarrou firmemente pelos ombros. Suas unhas cravaram em minhas costas enquanto eu me movia em seu corpo, dentro e fora lentamente. Ela estava muito apertada, mas, oh, tão pronta. Suas pernas apertaram em torno dos meus quadris e ela moveu-se ritmicamente, junto com meus impulsos, apertando mais forte quanto mais eu deslizava para seu interior. Nós nos beijamos febrilmente, exigindo, tomando... reivindicando. Ela estava prestes a gozar a qualquer momento.

— Você é tão apertada — gemi em seu ouvido.

— Oh, meu Deus, Galen, não posso adiar por mais tempo.

— Eu... não... quero... que... você... — implorei.

Seu orgasmo finalmente atingiu o auge e me ordenhou rápido. Seus gritos começaram a se estabilizar assim que a minha libertação explodiu dentro dela. Segurei-a com força enquanto saboreava a sensação de sua contração ao redor do meu pau. Suado e com a respiração pesada, esperei o rescaldo do nosso amor acabar antes de declarar as palavras que estava morrendo de vontade de dizer.

Ainda unidos, comigo totalmente dentro dela, sussurrei em seu ouvido:

— Eu te amo.

Segurando seu rosto em minhas mãos, um rastro quente de lágrimas começou a deslizar ao longo dos meus dedos. Eu me afastei para olhar para ela, com medo de que veria horror em seu rosto por eu dizer essas palavras, mas não foi isso que encontrei. Só o amor apareceu, e um sorriso tão feliz que irradiou brilhantemente pelo quarto escuro, tornando-o claro. Minha luz é o que ela era, meu farol, e meu novo começo. Olhando para o brilho em seus olhos, decidi confessar meus verdadeiros sentimentos.

— Não acho que alguma vez deixei de te amar, Korinne. Você estava em minha mente todos os dias, e sempre me perguntei o que teria acontecido se você nunca tivesse ido embora.

— Oh, Galen. — Suspirando, ela fez uma pausa e pôs as mãos em meu rosto antes de dizer as palavras que eu queria ouvir. — Eu também te amo — ela chorou.

— Você sabe o que isso significa, não é? — eu disse enquanto a beijava novamente, demorando-me em seus lábios um segundo extra para desfrutar da sensação deles.

— O quê? — ela sussurrou baixinho.

— Significa que você é minha, e *só* minha de hoje em diante. Nunca mais vou deixar você estar em qualquer outro lugar que não seja comigo.

— Acho que posso viver com isso. — Ela sorriu antes de esmagar seu corpo no meu para outra rodada de amor apaixonado.

A volta para casa foi extremamente rápida. Cada minuto que passei com Korinne voou num piscar de olhos. Quando ela estacionou na minha casa, lembrei que esqueci de fazer a pergunta que eu estava com muito medo de fazer antes.

— Preciso te perguntar uma coisa — eu disse, hesitante.

Korinne olhou interrogativamente para mim.

— Ok — murmurou.

— Sei que as coisas têm mudado para você e melhorado, e sabemos também que suas habilidades loucas ressurgiram. Então... o que quero saber é se talvez... talvez você gostaria de trabalhar na minha empresa? — Cerrei os dentes em antecipação à espera de sua resposta. Eu sabia que ela estava pronta para isso, mas não sabia se *ela* sabia que estava pronta.

Ela me olhou fixamente por alguns segundos antes de explodir em gargalhadas. O riso me pegou completamente de surpresa.

— Estava esperando você me perguntar isso! — Ela sorriu brilhantemente.

— Estava? — perguntei, parecendo chocado.

Ela assentiu.

— Claro que sim. Quer dizer, eu não estava pronta antes, quando você me sondou, mas agora...

— Então isso é um sim?

— Sim! Eu adoraria, mas não existe uma política contra namorar colegas de trabalho? Porque, se assim for, então receio que teremos que cancelá-la — disse, séria, mas sei que tentou segurar o sorriso. Ela falhou miseravelmente.

Balancei a cabeça.

— Você não tem nada com que se preocupar. Eu não seria o seu chefe, de qualquer maneira, porque você seria mais como uma designer freelancer do que qualquer outra coisa. No entanto, precisará de um escritório na empresa. O que acha de dividir um comigo?

Ela mordeu o lábio inferior, evitando minha pergunta. Parecia que ela precisava de um pouco de persuasão. Inclinando-me em direção aos seus lábios deliciosos, capturei-os com os meus.

— Você está dentro? — perguntei. — Basta pensar em todas as coisas que poderíamos fazer nesse escritório juntos.

— Ah, sim — respondeu, com a voz rouca. — Estou dentro.

Beijei-a muito e intensamente antes de chegar a hora de eu sair. Pegando minha bagagem no porta-malas, fui até seu lado do carro para lhe dizer adeus.

— Te vejo amanhã de manhã às nove?

— Estarei lá — concordou.

Ela acenou em adeus e foi embora. Abri a porta e o telefone tocou assim que entrei na casa.

— Alô.

L.P. DOVER

— Feliz aniversário, meu velho!

Eu ri do meu irmão.

— Você está um dia atrasado, mas tudo bem. Só estou surpreso por você lembrar.

— Eu culpo todas as concussões do futebol — brincou, embora ambos soubéssemos que essas concussões não eram algo para brincarmos. — Eu soube que Korinne te levou para viajar no fim de semana. Como foi?

— Foi ótimo, na verdade, mas é claro que não vou te contar detalhes.

— Não se preocupe. Eu realmente não quero saber da sua vida sexual, de qualquer maneira.

— Bom saber. Ei, você se importa se eu falar com Jenna? Preciso que ela faça algo para mim. — Eu tinha uma ideia de algo especial para Korinne e também para mim mesmo, mas apenas Jenna poderia fazê-lo para nós. Seria algo que poderíamos estimar para o resto de nossas vidas.

— Sim, acho que sim. Eu faço uma boa ação ao ligar para o meu irmão e tudo que ele quer é falar com minha esposa. Consigo sentir o amor fraternal — brincou. — De qualquer forma, aqui está ela.

— Galen, está tudo bem? — Jenna perguntou assim que pegou o telefone de Brady.

— Ah, sim, está tudo bem. Eu preciso que você pinte algo para mim.

— Sério? O que tem em mente? — ela perguntou, intrigada.

Expliquei-lhe o que queria e ela estava mais do que disposta a atender meu pedido.

— Isso vai ser incrível! — ela gritou. — Pode vir a ser o melhor trabalho que já fiz. Me dê algum tempo e vou fazer. Não quero que tenha que esperar por ele, mas confie em mim, vai valer a pena.

— Sem pressa, Jenna. Sei que você vai fazê-lo perfeito.

Desligamos, e eu fui deixar tudo pronto para o trabalho no dia seguinte. Korinne mimou-me com a sua presença e agora eu tinha que passar a noite sozinho, mas, pelo menos, iria começar a vê-la todo dia.

Trabalhar com ela seria incrível.

Capítulo Onze

Korinne
Pequenos passos para a liberdade

— Como foi? — perguntou Jenna.
Liguei para ela assim que fui para casa depois de deixar Galen.
— Foi o melhor fim de semana do mundo! — gritei animada. — Foi o melhor momento que tive em muito tempo.
— Vocês fizeram sexo? Por favor, me diga que você teve relações sexuais — ela brincou.
— Claro que fizemos, e foi incrível, mas aconteceu outra coisa também.
Jenna suspirou.
— O quê? O que aconteceu?
— Ele disse que me ama — eu disse suavemente.
— Oh, meu Deus! O que você respondeu?
— Eu disse a ele que o amo também — admiti timidamente.
— Então por que parece triste com isso, Ducky?
— Não estou exatamente triste, mas não posso evitar de sentir culpa por Carson. Eu não disse a outro homem que o amava desde que eu disse a ele.
— Uau. — Ela suspirou. — Bem, você quis de verdade dizer quando falou isso a ele?

— Com todo o meu coração.

— Então não tem por que se sentir culpada. Oh, Ducky, estou tão feliz por você! Você precisa seguir em frente e parece que as coisas estão indo muito bem para você — ela disse alegremente.

— Eu sei — concordei. — Também vou trabalhar para ele. Começo amanhã.

Ela gritou de novo, só que mais alto dessa vez.

— Deve ter sido um fim de semana incrível para todas estas coisas acontecerem!

Eu ri.

— Foi, depois vou te contar como foi o meu primeiro dia de trabalho.

— Faça isso. Cuide-se, Ducky, e eu falo com você depois — ela disse, encerrando a conversa.

— Me cuidarei, Twink! Te amo!

Finalmente cheguei em meu pequeno e solitário apartamento. A viagem no fim de semana foi fenomenal. Ouvir Galen dizer que me amava me deixou extremamente feliz, mas também me matou de susto. Eu estava mesmo pronta para dar esse grande salto e abrir totalmente o meu coração? Não estava completamente certa.

Ao pegar o elevador para um dos andares superiores da M&M Construção e Design, eu não conseguia parar o frio e os nervos de ficarem loucos no meu estômago. Por que estava tão nervosa? Falhar nunca foi uma opção para mim, mas eu tinha medo não corresponder às expectativas de todos. A porta do elevador se abriu e cheguei a um hall de entrada com uma enorme mesa no centro. Uma mulher de meia-idade estava olhando fixamente para o computador e digitando. Ela me viu chegando e um sorriso enorme se abriu em seu rosto.

— Bem, olá, Sra. Anders. É bom vê-la novamente. — Ela se levantou e estendeu a mão.

Eu apertei-a e sacudi firmemente, ganhando um sorriso ainda maior dela.

— É bom ver você de novo também, Rebecca — respondi calorosamente.

— Eu sabia que ele conseguiria te trazer para trabalhar aqui. Tenho insistido há muito tempo para que lhe propusesse isso. Você não vai acreditar na quantidade de ligações que recebemos de pessoas perguntando sobre você.

Meus olhos se arregalaram, mas ela continuou falando e não percebeu minha expressão chocada.

— Você é valiosa por aqui.

— Oh, Rebecca, nós não queremos assustá-la em seu primeiro dia, não é?

Pulei ao som da voz de Galen, e, quando me virei, seu sorriso diabólico me distraiu.

Rebecca acenou para ele e sentou novamente em sua mesa.

— Eu não vou assustá-la — disse, olhando para mim, mas então se esquivou quando viu minha expressão chocada. — Hã, oh, bem, talvez eu esteja assustando-a. De qualquer maneira, pombinhos, se divirtam no trabalho ou o que quer que os jovens façam atrás de portas fechadas. — Ela riu depois de dizer isso e eu sabia que meu rosto estava vermelho brilhante de embaraço.

Fiquei ali, congelada e sem palavras, até que Galen se aproximou e pegou minha mão, me puxando para dentro do seu escritório.

O espaço de trabalho de Galen não era apenas grande, também tinha uma vista maravilhosa do centro de Charlotte. Seria bom que eu não passaria muito tempo lá dentro, porque, do contrário, não conseguiria fazer nada. A mesa de desenhos de Galen ocupava uma parede inteira, enquanto outra mesa ficava no centro. Havia também outra mesa em um canto privado, que assumi ser a minha. Casas-modelo estavam em toda parede do ambiente, e é claro que eu poderia dizer que eram todas projetos de Galen. Ele tinha uma marca específica, e eu poderia identificá-la a quilômetros de distância.

— Bom dia, linda. — Galen me cumprimentou com um abraço e um beijo delicioso. Ele tinha gosto de café com um toque de avelã.

Eu não bebia café, mas simplesmente amei saboreá-lo nele.

— Bom dia para você também — respondi docemente.

— Está pronta para começar? — perguntou. — Ou precisa de mais tempo para se adaptar?

Eu ri.

— Não, acho que estou bem. Diga-me o que preciso fazer. — Olhei para a mesa vazia e depois de volta para Galen, com as sobrancelhas levantadas. — Você realmente estava falando sério sobre compartilhar seu escritório comigo?

Ele olhou para a mesa e assentiu.

— Claro que sim. Por quê? Você não quer?

— Oh, não, está perfeitamente bem. Apenas pensei que estivesse brincando.

Ele deu de ombros e colocou o braço em volta dos meus ombros.

— Bem, olhe por este ângulo. Nós podemos fazer amor a qualquer hora que quisermos durante o dia.

Meu rosto ficou vermelho com sua sugestão e ele riu às minhas custas. Talvez compartilhar um escritório não fosse uma boa ideia. Eu não pude evitar de me perguntar quantos dias poderíamos passar sem fazer sexo ali... provavelmente nenhum.

Galen procurou em sua mesa e, quando encontrou o que estava procurando, me entregou.

— Aqui está a lista de todos os clientes que estão implorando por você. Falei com todos eles e estão esperando que responda. Você verá que também fiz anotações para lhe dar uma ideia do que eles querem.

Quando o olhei e sorri, ele deu de ombros como se não fosse grande coisa.

— Fiz isso para que você estivesse preparada. Espero que não se importe, mas eu queria ter certeza de que não ficaria sobrecarregada no seu primeiro dia.

Olhei o livro e abri-o na primeira página. Meus olhos se arregalaram na longa lista de clientes. Era trabalho suficiente para dez anos. Bem, talvez não por tanto tempo, mas com certeza me manteria ocupada por um tempo.

— Eu tenho mantido uma lista de pessoas que pediram você nos últimos anos. Eles ficaram muito felizes quando eu lhes disse que agora estava disponível — Galen admitiu alegremente.

— Não sei o que dizer. Não posso acreditar que eles me queriam tanto — eu disse, completamente pasma.

— Merda, Korinne, você é a melhor e todos eles sabem disso. Estou honrado por você concordar em vir trabalhar para mim, mas acho que meu charme pode ter tido algo a ver com isso também. — Ele sorriu, e aquele sorriso poderia fazer alguém cair a seus pés.

— Eu estou feliz que concordei também. Talvez seu charme tenha ajudado um pouco — admiti de todo o coração. Olhando para a longa lista no meu livro, achei que era hora de começar a ligar para as pessoas. — Acho que preciso me ocupar — anunciei.

Galen me puxou para seus braços, e eu me derreti neles. Ah, sim, ia ser muito difícil nos mantermos afastados no escritório.

— Estou aqui para ajudá-la se precisar de alguma coisa — disse ele calorosamente.

Balancei a cabeça contra seu peito.

— Eu sei, e obrigada por me ajudar. Mal posso esperar para começar.

Nós nos separamos e Galen foi para sua mesa enquanto eu fui para a minha. Olhando hipnotizada o livro aberto, respirei fundo antes de marchar para o desafio e ligar para a primeira pessoa da lista.

Os dois clientes que vi primeiro haviam mapeado todos os seus planos e esperado minhas respostas e sugestões. Ambos estavam realmente animados quando comecei a dar minhas ideias. Parecia incrível abrir a mente de novo e criar configurações imaginativas para as pessoas desfrutarem. Olhando para o relógio do carro, vi que eram 16 horas e eu estava retornando para a M&M. Eu não tinha falado com Galen ainda, então estava animada para compartilhar com ele a boa notícia.

SEGUNDA CHANCE PARA O AMOR

Rebecca estava em sua mesa e acenou para mim antes de eu entrar no escritório de Galen, ou melhor, nosso escritório. Galen estava de costas para mim, de pé em sua mesa de desenho, quando entrei. Avançando lentamente para o lado dele, olhei por cima do seu ombro para ver no que ele estava trabalhando. A visão diante de mim foi surpreendente.

— Uau! — exclamei. Seus esboços eram absolutamente lindos.

Ainda olhando para o seu trabalho, ele riu.

— Estou supondo que seja um bom uau. — Ele virou-se para o lado para me deixar ver mais de perto.

— Sim, você é incrível — murmurei em reverência.

Galen segurou minhas mãos e me puxou para ele.

— Como foi o seu dia?

— Foi espetacular. Encontrei com dois clientes e já tenho o resto do mês agendado. Não parece que vou passar muito tempo aqui, no entanto.

Galen fez beicinho, e foi preciso todo o meu autocontrole para não estender a mão e agarrá-lo com os dentes.

— Bem, então acho que precisamos batizar este escritório hoje, já que você não vai ficar muito por aqui. — Ele fez uma pausa e olhou para cada mesa. — Sua mesa ou a minha? — perguntou, brincando.

Ele estava falando sério?, eu me perguntei. Quando não respondi de imediato, ele respondeu por mim, pegando minha mão e me puxando até sua mesa.

— Minha mesa, então. E, olha, você facilitou para mim ao vestir uma saia.

— Você está muito cheio de si, sabia?

— Oh, eu sei, mas você ama isso.

Na verdade, eu amava, sim, eu disse a mim mesma. Galen deslizou os papéis sobre a mesa para o canto e, me levantando pela cintura, me colocou em cima dela.

— E se alguém entrar?

Ele sorriu.

— Eu estava preparado e coloquei a porta em bloqueio automático assim que você entrou.

— Você é tão sorrateiro — provoquei.

— Eu tenho uma reunião em quinze minutos, então não temos muito tempo, mas acho que podemos conseguir, não é?

Ele deslizou as mãos para cima em minhas coxas e empurrou a saia até a cintura, sem esperar uma resposta. Quinze minutos estava bom para mim. Eu já estava excitada e pronta. Ele afrouxou a calça rapidamente e ela caiu no chão, revelando suas coxas bem torneadas e seu pau já duro que me devoraria em breve.

Galen me puxou para mais perto, segurando minhas coxas e me deslizando sobre a mesa. Removendo minha calcinha, ele envolveu minhas pernas em volta da sua cintura. Sem perder tempo, Galen entrou em mim duro e rápido, em um impulso profundo. Por mais que eu adorasse calmo e lento, às vezes, forte e rápido poderia ser a maneira mais agradável. O aperto que ele tinha no meu corpo era de constrição quando me segurou em cima da mesa, mas eu amei sentir a proximidade quando ele bombeou seu desejo em meu corpo. Ele gemeu baixinho no meu ouvido, enquanto cerrei os dentes para não gritar o prazer que estava sentindo. Realmente não queria que Rebecca ouvisse o que estávamos fazendo ali. Quando o orgasmo me arrebatou, pude sentir Galen pulsar e liberar seu sêmen dentro de mim. Respirando com dificuldade, ele me beijou na boca antes de puxar para fora e levantar a calça. Com um sorriso de desculpas para mim, ele me entregou uma caixa de lenços. Pegou alguns e ajudou a limpar o interior das minhas coxas.

— Sinto muito por isso — disse suavemente, olhando para a bagunça pegajosa entre as minhas pernas.

— Está tudo bem. Eu, na verdade, gostei de termos feito isso. É mais íntimo — falei suavemente.

Galen olhou para o relógio e seus olhos se arregalaram.

— Merda, tenho dois minutos para chegar à sala do conselho. Vá para casa, tenha cuidado, e eu vou te ligar esta noite.

SEGUNDA CHANCE PARA O AMOR

— Tudo bem. — Sorri, enquanto arrumava a minha saia.

Ele me beijou na bochecha e sussurrou baixinho no meu ouvido:

— Eu te amo, Kori.

— Eu também te amo.

Meu telefone tocou no caminho de casa, mas estava na minha bolsa e eu me recusei a procurá-lo enquanto estava dirigindo. Eu veria quem era quando chegasse em casa. Tudo o que eu queria fazer era ir direto tomar um bom banho quente e me aconchegar no sofá com uma tigela de pipoca com cheddar. Talvez assistisse *O Senhor dos Anéis* novamente. Ou melhor ainda, precisava começar a desembalar minhas caixas. Não poderia viver assim pelo resto da vida, não é?

Assim que cheguei, fui direto para o chuveiro. Por cerca de trinta minutos, apreciei a sensação de água quente caindo sobre a minha pele. Fiquei imaginando como seria fazer amor com Galen no chuveiro. Eu teria que mencionar isso para ele na próxima vez que o visse.

Uma vez que terminei o banho, decidi jantar pipoca e ver um filme. Eu não sabia quanto tempo Galen ia demorar na reunião, mas funcionou perfeitamente. Ter algum tempo para mim mesma era o que eu precisava. Quando me acomodei no sofá, ouvi meu celular tocar na bolsa. Tinha esquecido completamente que tinha uma chamada não atendida. Certamente, se fosse importante, eles teriam ligado de volta. O número não me era familiar, mas a pessoa deixou uma mensagem. Depois de discar para o correio de voz, a voz de um homem que não reconheci soou na linha.

— *Boa noite, Sra. Anders, eu sou Richard Carmichael. Acredito que nos encontramos antes, mas, no caso de você não se lembrar, eu era um amigo e colega de seu falecido marido, Dr. Carson Anders. Sou o chefe dos curadores no hospital e estou ligando porque queria convidá-la para uma recepção especial em homenagem a Carson, juntamente com alguns dos nossos outros médicos valiosos. A recepção será na próxima quinta-feira, às sete horas da noite. Realmente esperamos vê-la lá. Fique bem, Sra. Anders.*

Deixando cair o telefone, afundei no sofá e tentei desesperadamente inspirar bastante ar. Eu não podia acreditar que aquilo estava acontecendo novamente. A tristeza tomou conta de mim e, justo quando pensei que poderia seguir em frente, fui lembrada novamente do que eu tinha perdido. As lágrimas vieram por vontade própria e eu as deixei fluir. Estava começando a sentir-me feliz e pensei que esses sentimentos fossem genuínos. Mas seria apenas uma máscara que me fez acreditar que eu estava feliz? Uma ilusão, uma máscara da ilusão que cobria tudo o que eu tinha deixado inacabado na minha vida. Eu *ainda* não tinha ido à minha casa com Carson ou mesmo ao cemitério onde ele foi enterrado. A constatação de que *ainda* não tivesse chegado a um acordo com a minha dor pareceu uma faca bem no meu coração. De maneira nenhuma eu era uma mulher fraca, mas adiar meu passado não ia ajudar o meu futuro. Até que eu pudesse lidar com meu passado, como poderia seguir totalmente em frente?

Galen tinha sido uma distração maravilhosa, mas ele não seria capaz de consertar o que foi quebrado dentro de mim; só eu podia. Eu precisava encontrar a coragem e lidar com meus problemas sozinha. Se continuasse adiando, continuaria voltando quando algo me fizesse lembrar de Carson. Será que Galen entenderia se eu precisasse de um tempo sozinha para resolver isso e colocar minhas coisas em ordem? Só precisava que ele entendesse e me desse um pouco de espaço, enquanto eu resolvia tudo.

Minha mente parecia um turbilhão de emoções. Amei Carson e sabia que sempre seria assim, mas agora estava apaixonada por Galen. Carson iria querer que eu fosse feliz, mas eu não conseguia manter a culpa longe. Ela continuava voltando como se eu estivesse fazendo algo errado. Galen queria estar ao meu lado e ele também tinha sido paciente em deixar-me lidar, mas, para seguir em frente, eu precisava fazer isso sozinha. *Por favor, faça-o entender*, pensei.

Capítulo Doze

Galen

Eu confio em você

— Rebecca, Korinne ligou ou mandou uma mensagem?

— Não, há algo errado?

Verifiquei meu telefone novamente para ter certeza de não ter apenas perdido uma ligação e estar exagerando, mas, ao procurar entre as chamadas, não havia nenhuma dela.

— Espero que não. Liguei várias vezes na noite passada, mas ela não atendeu.

— Bem, talvez ela estivesse dormindo — Rebecca presumiu.

Pensando sobre a noite anterior, essa era uma possibilidade, uma vez que era muito tarde quando liguei. A reunião demorou e não tive nenhuma chance de ligar para ela mais cedo.

Balancei a cabeça, esperando que meu raciocínio estivesse certo.

— Isso foi provavelmente o que aconteceu — concordei.

Rebecca olhou para mim como se não acreditasse em minhas palavras e, sinceramente, não acho que eu acreditasse também. Parecia que algo estava errado, e não acho que eu seria capaz de passar muito tempo sem saber se ela estava bem.

O dia arrastou-se e ainda nada de Korinne. Liguei para seu cliente do dia e ele falou sobre quanto estava realmente feliz com seu encontro com ela. Ela obviamente estava indo muito bem, o que me fez pensar se estava me evitando. Apressadamente, peguei meu telefone e decidi ligar para ela novamente. Isso fez com que essa fosse, provavelmente, a décima vez que eu ligava desde a noite anterior. O telefone tocou e tocou, mas nenhuma resposta. Quando seu correio de voz começou, tomei a decisão de deixar uma mensagem. Assim que o bipe soou, comecei a gravar minha mensagem.

— Korinne, te liguei várias vezes e realmente gostaria que me ligasse de volta. Preciso saber que você está bem e que não fiz nada para te chatear. O que quer que esteja acontecendo, você tem que saber que vou ajudá-la a passar por isso. Eu não acho que mereça ser ignorado. Por favor, me ligue de volta.

Desliguei o telefone e sentei à minha mesa. Se ela não ligasse de volta naquela noite, eu iria fazer-lhe uma visita. Não queria parecer superprotetor, mas eu não tinha ideia de por que ela estaria me evitando e queria respostas.

O resto do dia passou como uma névoa e, com meus pensamentos e sentimentos dispersos, eu não conseguia me concentrar em nada. Decidi ir para casa mais cedo e trabalhar minhas frustrações na academia, dando ao meu saco de pancadas uma surra brutal. Não preciso dizer que meus dedos ficaram machucados e sangrando após o treino.

Depois de tomar banho e preparar o jantar, a ligação finalmente veio. Quando vi que era Korinne, deixei escapar um suspiro de alívio, embora estivesse chateado por ela ter me ignorado.

— Korinne, o que está acontecendo? — falei rispidamente.

Ela suspirou, sua voz soando triste e angustiada.

— Me desculpe por não te ligar mais cedo.

— Você está bem? Estive preocupado com você. Fiz alguma coisa errada? — perguntei hesitante.

— Não, você não fez nada de errado, Galen. Só preciso de um tempo.

Balancei a cabeça, sem entender nada.

— O que você quer dizer com isso? Pensei que as coisas estivessem indo muito bem. Você... você está me deixando? — perguntei, incrédulo.

Seu silêncio pareceu um soco em minhas entranhas. Como ela podia fazer isso comigo depois de tudo o que tínhamos compartilhado?

— Responda-me, Korinne — exigi.

Ela soltou um suspiro.

— Não vou deixar você, Galen, mas há algumas coisas que preciso resolver antes que eu possa seguir em frente com você. Você não vê? Percebi que tenho me escondido atrás de você e não lidei totalmente com meus problemas. Quando estou com você, posso esquecer, mas, assim que fico sozinha, sou atingida pela dor e a perda novamente. Preciso acabar com a dor antes que eu possa ser plenamente feliz de novo. Não é justo com você ou com esse relacionamento.

Seu choro irrompeu através do telefone e tudo que eu queria fazer era confortá-la. Entendi o que ela estava dizendo, mas dar-lhe espaço não era algo que eu queria fazer.

— Eu te amo, Korinne, e quero estar ao seu lado. Por favor, não me deixe de fora.

— Não estou te deixando de fora. — Ela chorou baixinho. — Eu tenho coisas que precisam ser resolvidas, e preciso fazê-las sozinha. Também te amo, mas, por favor, entenda que tenho que fazer isso.

Suspirei pesadamente no telefone.

— A única maneira de eu deixar você ir é se me prometer uma coisa. Prometa-me que vai voltar e eu vou dar-lhe o espaço que precisa. Eu disse que não ia deixá-la ir, e vou cumprir essa promessa.

Korinne não tratava promessas levianamente, porque, uma vez que ela prometesse fazer algo, sempre cumpria. Isso era uma coisa que sempre amei nela; ela era confiável.

— Prometo que vou voltar para você — sussurrou. Essas foram as últimas palavras que ela falou no telefone antes de a linha ficar muda.

Os dias pareceram anos. Estive trabalhando sem parar nos últimos dias, e até dormi no escritório nas últimas duas noites. Fazia cinco dias desde a última vez que Korinne tinha falado comigo. Me matava não ser capaz de ouvir a voz dela todos os dias.

— Sr. Matthews? — Rebecca chamou pelo interfone.

— Sim, Rebecca.

— Richard Carmichael está aqui para vê-lo.

Gemi e coloquei a cabeça sobre a mesa. Aquele não era um bom dia para visitas. Depois de empurrar para o lado os esboços nos quais estive trabalhando, tentei endireitar minhas roupas amassadas com as quais eu tinha dormido na noite anterior. Dormir ali estava começando a me afetar. Eu mal conseguia manter os olhos abertos.

— Mande-o entrar.

Alguns segundos depois, a porta se abriu e Richard entrou. Ele deu uma dupla olhada antes de rir e tomar o assento em frente a mim.

— Droga, filho, você precisa dormir um pouco — afirmou, sem jeito.

Eu ri levemente.

— Sim, eu sei. Tenho trabalhado sem parar nas últimas duas noites.

Richard balançou a cabeça.

— Não sei como consegue.

Dando de ombros, perguntei:

— O que posso fazer por você?

Richard me entregou um envelope grosso e eu olhei-o interrogativamente.

— Eu queria dar isso a você pessoalmente. Na próxima quinta-feira, haverá uma recepção especial no City Club, em honra de nossos médicos. Dr. Carson Anders será mencionado juntamente com um novo plano do conselho de curadores. — Ao meu olhar questionador, ele continuou: — Veja, o dinheiro que você doou vai nos ajudar a contratar mais médicos e enfermeiros. A tragédia com o Dr. Anders deveria ter sido evitada. Não havia nenhuma razão para ele ter trabalhado tantas horas na noite em que morreu. Queremos evitar esse tipo de coisa, e sua generosa doação vai nos ajudar com isso.

Fiquei sem palavras. Gostaria de saber se Korinne sabia disso, porque, se soubesse, isso explicaria por que ela sentiu a necessidade de dar um passo atrás.

Curioso, perguntei:

— Você já contatou a esposa do Dr. Anders e a informou sobre isso?

Richard assentiu.

— Deixei-lhe uma mensagem há poucos dias. Ela ainda não respondeu.

Sem dúvida era essa recepção que a entristecia.

— Por acaso você mencionou na mensagem sobre o novo plano? — perguntei, curioso.

— Não, ela não sabe — respondeu ele. — Eu não disse nada sobre isso na mensagem nem mencionei nada sobre o dinheiro que você doou em homenagem a ele.

— Bom, vamos manter assim, por enquanto, por favor — pedi.

— Certamente, Galen. Então, vou vê-lo na recepção? Sarah ficará muito feliz em te encontrar novamente.

— Sim, estarei lá. Diga a Sarah que vou ficar feliz em vê-la também.

Estendi a mão para ele, que a apertou antes de dizer adeus e sair. Eu sabia que Korinne estaria na recepção, e pensei o que ela faria quando me visse lá. Ela seria distante ou iria voltar para mim? Eu só podia esperar que fosse a última opção.

A recepção era naquela noite e eu ainda não tinha ouvido uma palavra de Korinne. Fazia duas semanas desde que eu tinha falado com ela. Duas longas e agonizantes semanas nas quais eu não tinha sido capaz de ouvir sua voz ou ver seu sorriso angelical. Esperava ter a chance naquela noite. Quando entrei no estacionamento do City Club, procurei o carro de Korinne. Não o vi, mas sabia que ela não perderia esse evento. Abri a porta e o manobrista me deu um bilhete antes de levar o meu carro. O City Club era um estabelecimento agradável, onde a nata da sociedade dava suas festas. Ele tinha um salão com capacidade para pelo menos setecentas pessoas e mais algumas. Eu diria que estava no limite com a quantidade de pessoas.

As pessoas me olharam quando caminhei através da multidão. Não era segredo quem eu era e o que fiz. Meu pai era muito conhecido e respeitado na comunidade.

— Sr. Matthews! — uma mulher gritou.

Virei-me para ver quem era, e uma bela mulher, provavelmente em seus quase 40 anos, vinha em minha direção. Ela me ofereceu sua mão.

— Sr. Matthews, eu sou Catherine, é tão bom conhecê-lo.

Peguei a mão dela e apertei.

— Olá, Catherine, é bom conhecê-la também.

Ela sorriu e ficou um pouco mais reta, fazendo seus seios enormes saltarem do vestido, e começou a se aproximar de mim, talvez apenas um pouco perto demais.

— Eu estou no conselho de administração e queria, pessoalmente, agradecer por tudo que você fez. Isso trará uma mudança para o hospital.

— Estou feliz em ouvir isso.

Ela sorriu animadamente para mim e, quando não retribuí, ela fez beicinho e decidiu tentar mais diretamente.

— Eu gostaria de ouvir mais sobre você, e é claro que poderia dizer-lhe sobre tudo o que planejamos fazer no hospital por sua causa. Se não trouxe um encontro, se importaria se eu me sentasse com você para discutir isso?

Eu não queria ser grosseiro e, felizmente, fui salvo quando a voz que eu estava morrendo de vontade de ouvir falou atrás de mim.

— Na verdade, eu me importo — Korinne anunciou. — Acontece que eu sou o encontro dele esta noite.

Me virei para ver seus olhos ardendo de ciúme, e ela estava olhando diretamente para Catherine. Este era um lado dela que eu não tinha visto antes.

L.P. DOVER

A boca de Catherine se abriu, e então ela estreitou os olhos para Korinne em uma batalha silenciosa. Então, se virou para mim e sorriu.

— Talvez outra hora, então, Sr. Matthews. — Ela piscou e saracoteou seu caminho para o outro lado do salão.

— O que ela queria falar com você? — Korinne perguntou curiosamente, com um tom de ciúme iminente na voz. — Eu estava começando a pensar que a loira ia ficar de joelhos e demonstrar sua felicidade... entre outras coisas. — Ela murmurou a última parte, mas ouvi-a claro como o dia.

Korinne estava elegantemente vestida com um vestido de noite preto de paetê justo, com os braços cruzados à frente do peito. Ela parecia incrível e irritada. Comecei a sentir um pouco de esperança, já que ela tinha ficado com ciúme de outra mulher.

— O que você está fazendo aqui, a propósito? — ela perguntou.

Antes que eu pudesse abrir a boca para falar, a voz de Richard elevou-se por cima da multidão. Acho que ela iria descobrir por que eu estava ali em apenas um momento.

— Senhoras e senhores, por favor, tomem seus lugares.

— Vamos? — eu disse, apontando para as cadeiras atrás de nós.

Ela deu um pequeno sorriso.

— Sim.

Nós nos sentamos lado a lado e, felizmente, ela não se moveu para longe de mim quando me aproximei dela. Mesmo que fosse apenas um simples toque, fiquei feliz por estar ao seu lado. A voz de Richard aumentou em toda a multidão.

— Estamos aqui esta noite em apreciação de nossos maravilhosos médicos e funcionários. Seu amor e dedicação aos pacientes fez do nosso hospital um dos melhores dos Estados Unidos.

Murmúrios de acordo flutuaram no meio da multidão. Espreitando Korinne, notei que seus ombros estavam rígidos, como placas, e seu rosto, vazio de qualquer emoção. Eu poderia dizer que ela estava tentando ser forte, agindo distante. Alcançando-a, dei à sua mão um breve aperto para que ela soubesse que eu estava lá para apoiá-la.

— Outra razão pela qual estamos aqui é para celebrar um novo plano que entra em vigor imediatamente. A partir de amanhã, teremos vários novos médicos e enfermeiros circulando pelos corredores do hospital. Foi-nos dada uma doação extremamente generosa de um cavalheiro incrível que queria que fosse colocada em memória de um ex-médico.

Korinne engasgou levemente ao meu lado, e foi sua vez de agarrar a *minha* mão e apertar com força.

— Esta amável doação é a razão pela qual podemos financiar esse novo plano em memória do Dr. Carson Anders. Sua morte foi uma tragédia, e fazemos isso para ajudar a prevenir que coisas como essa aconteçam novamente.

Uma lágrima escapou do canto do olho de Korinne, mas ela ainda se mantinha forte. Eu sabia que tinha que ser duro para ela não quebrar, mas, mesmo assim, ouviu atentamente o discurso de Richard.

— O conselho gostaria de agradecer a este doador generoso com um prêmio de apreciação. — Richard olhou para a multidão e, quando seu olhar caiu sobre mim, sorriu. — Senhoras e senhores, eu gostaria que agradecessem ao Sr. Galen Matthews.

Korinne respirou duro e olhou para mim com os olhos arregalados.

— Oh, meu Deus — ela murmurou.

— Já volto.

Quando me levantei, o salão irrompeu com o crescente som palmas. Richard me entregou uma placa assim que cheguei à frente.

— Obrigado — eu disse a ele e para a multidão.

Quando meus olhos focaram em Korinne, notei-a rapidamente saindo do salão. Acenando para todos, saí do palco para ir atrás dela. *Por favor, deixe-me chegar a ela a tempo*, eu disse a mim mesmo. Correndo pelas portas da frente, fiquei surpreso ao ver Korinne ali de pé, imóvel. Ela estava de costas para mim, mas seu olhar estava fixo nas luzes do centro da cidade.

— Korinne — eu disse suavemente.

Ela não falou, então me movi lentamente cada vez mais perto até que finalmente passei os braços em torno dela. Virando em meus braços, ela colocou os dela em volta da minha cintura, repousando a cabeça no meu peito. Foi tão bom tê-la lá novamente.

— Obrigada — ela sussurrou delicadamente.

Passei as mãos suavemente por suas costas, afagando, saboreando o tempo que tinha com ela. Não havia como dizer se ela fugiria de mim novamente.

— De nada.

Ela se afastou para me olhar, e seus olhos cinza tempestuosos estavam repletos de mil emoções. Lágrimas brilhavam em seu rosto, então as enxuguei com os dedos. Ela afastou o rosto de mim e limpou o resto com um lenço. Korinne nunca chorava na frente de ninguém porque sempre disse que a faria parecer fraca. Eu nunca entendi isso, porque achava que ela estava longe de ser fraca.

— Não sei o que dizer — ela engasgou —, além de te agradecer. O que te inspirou a fazê-lo?

Como ela poderia perguntar isso? Será que não sabe que eu faria qualquer coisa por ela?

— Você me inspirou, Korinne. Sei que ama Carson e sempre amará. Não tenho nenhum desejo de tomar o lugar dele ou tentar te fazer esquecê-lo. Isso era algo que eu queria fazer por você, para mostrar que estou aqui por você e vou fazer de tudo para apoiá-la. — Eu peguei seu rosto amorosamente. — Eu sei que você me ama. Não tenho nenhuma dúvida disso.

Ela assentiu.

— Eu amo, com todo o meu coração, mas...

Cortei-a para que eu pudesse terminar o que eu queria dizer. Eu tinha que colocar para fora, porque, se esta fosse a única chance que eu teria, iria aproveitá-la.

— Entendo que você quer passar por isso sozinha, mas quero que precise de mim, da mesma forma que preciso de você. Senti tanto a sua falta nas últimas semanas. Por favor, me diga que voltará para mim agora.

Ela ficou na ponta dos pés e deu um beijo suave nos meus lábios. Quando se afastou, ela hesitou, fazendo meu coração cair.

— Ainda não, há mais uma coisa que preciso fazer primeiro — ela murmurou baixinho.

Suspirando, deixei cair minha cabeça, mas ela pegou meu rosto em suas mãos e me puxou de volta até encontrar o seu olhar.

— Depois que eu terminar o que preciso fazer, voltarei para você. Confie em mim, estou quase lá.

— Quanto tempo, Korinne?

Ela me beijou mais uma vez e não consegui parar de beijá-la febrilmente. Se ela não voltasse para mim, eu com certeza a faria se lembrar de mim. Reivindiquei-a com meus lábios e ela retribuiu da mesma forma. Eu precisava dela, e sabia que ela precisava de mim. Eu podia sentir seu desejo de voltar para mim.

— Logo — ela sussurrou em meus lábios antes de se virar e ir embora.

Korinne
Meu caminho de volta

Dizer adeus a Galen por aquelas semanas foi uma tortura. Eu queria tanto ligar para ele, mas sabia que precisava terminar tudo sozinha. Durante essas semanas, dirigi para a casa que compartilhei com Carson provavelmente umas dez vezes, esperando que tivesse coragem de entrar. Dois dias antes da recepção, finalmente tomei coragem e abri a porta da frente. Aposto que fiquei lá por uma hora antes que conseguisse me mover. Tudo ainda estava no lugar, do jeito que deixei meses atrás.

Eu estava lá agora e faltava apenas mais um quarto a ser explorado antes de essa parte da minha vida não ser nada mais que uma memória. Esse quarto era o nosso. Estive adiando, mas sabia que estava pronta agora. A mudança foi contratada, e eles vieram levar os móveis. Alguns foram guardados, mas vendi ou dei o resto. Se eu tivesse espaço no meu pequeno apartamento, teria mantido tudo, mas não era o caso. Havia chegado a hora de dizer adeus àquela casa. Carson e eu tivemos algumas ótimas memórias ali, mas elas sempre ficariam comigo, não importa onde eu estivesse. Ao fim do corredor, a porta do nosso quarto estava fechada, fazendo meu coração bater descontroladamente no peito quando cheguei mais perto. Quando estava prestes a girar a maçaneta, a campainha tocou.

— Só pode estar brincando comigo! — gritei.

Pisando duro todo o caminho até a porta da frente, abri-a para encontrar Jenna sorrindo na porta. Minha raiva foi embora com a visão da minha bela amiga sorrindo radiante para mim.

— Ducky! — ela berrou e jogou os braços em volta de mim.

— O que está fazendo aqui? — gritei animadamente.

Ela passou por mim e entrou na casa.

— Você pode não precisar da ajuda de Galen, mas sei que não recusará sua melhor amiga. — Ela levantou as sobrancelhas, me desafiando a contradizê-la.

Eu ri.

— Tudo bem, mas não diga a Galen.

— Seu segredo está seguro comigo — prometeu. — Então, o que está na programação de hoje?

Respirei fundo e soltei lentamente.

— O último e restante quarto — admiti suavemente.

Seu sorriso desapareceu e seus olhos brilharam com compreensão.

— Bem, então cheguei na hora certa.

Eu podia sentir meus olhos começando a queimar, mas segurei as lágrimas que se formavam. Pegando-me pelo braço, Jenna me levou pelo corredor até a porta fechada.

— Vamos lá, Ducky, você consegue fazer isso.

— Eu sei — sussurrei.

Alcançamos a porta e fiquei ali por alguns segundos para reunir coragem novamente. Dando algumas respirações profundas, finalmente agarrei a maçaneta e virei-a. Meus olhos se fecharam imediatamente quando abri a porta.

Jenna colocou as mãos sobre meus ombros.

— Abra os olhos, Korinne.

Fazendo como ela disse, abri os olhos. As lágrimas que estavam ardendo caíam agora como rios pelo meu rosto. Jenna entrou antes de mim e deu uma olhada ao redor, enquanto eu estava lá, imóvel, observando o que estava à minha frente. A cama de dossel onde Carson e eu dormíamos repousava sozinha no meio do quarto, perfeitamente feita sem um único vinco nas cobertas. O último pijama que ele vestiu estava jogado tristemente sobre a namoradeira no canto; a mesma namoradeira onde Carson lia e analisava os arquivos de pacientes.

Jenna tirou-me do transe quando falou.

— Por onde devemos começar?

Eu gaguejei.

— Humm... deixe-me pensar, talvez o armário? Vai ser a parte mais difícil, então por que não começar por lá?

— Parece bom para mim, mas onde estão as caixas?

Apontei para a porta.

— Na cozinha.

Ela apertou meu ombro antes de me deixar sozinha no quarto. Eu tinha uma sensação de que ela fez isso de propósito, para dar tempo para o meu encerramento. Fui até onde o pijama favorito de Carson estava e corri as mãos delicadamente sobre o tecido macio, como se fosse a coisa mais valiosa do mundo. E era. Assim que o peguei, o cheiro de Carson ultrapassou os meus sentidos e as lágrimas começaram a cair com mais força.

— Oh, meu Deus — eu disse, respirando profundamente.

Eu não podia acreditar que ainda cheirava a ele depois de todo esse tempo. Enterrando meu rosto em seu cheiro, caí no sofá, enquanto as memórias começaram a inundar minha mente, memórias de um tempo em que Carson era o meu mundo, e eu, o seu; memórias que ficariam comigo para sempre. Enquanto fiquei sentada lá, pensando sobre todas essas memórias, nunca pensei sobre quanto desejava que Carson vivesse a sua vida, se a situação fosse o contrário. Eu não iria querer que ele ficasse triste e perturbado, iria querer que fosse feliz e seguisse em frente. *Eu posso fazer isso*, disse a mim mesma. Ia ser difícil, mas conseguira chegar tão longe em apenas algumas semanas. Eu sempre sentiria tristeza com a morte de Carson, mas as boas lembranças que compartilhamos ultrapassariam a dor e o sofrimento.

Fechei os olhos, imergindo na nova força descoberta que tomou conta do meu coração. Eu não sabia que Jenna tinha voltado até que ouvi sua voz.

— Ducky, você está me assustando. Eu esperava vir aqui e vê-la quebrada no chão, e não sorrindo.

Eu ri levemente.

— Só estava pensando em todas as boas lembranças que Carson e eu tivemos. Sabe, não consigo pensar em uma única discussão.

— Eu sei — Jenna murmurou. — Ele sempre te deu tudo o que você queria e teria te dado a lua se pedisse a ele.

Concordei de todo o coração:

— Sim, eu sei.

Jenna se ajoelhou à minha frente, tomando minhas mãos nas dela.

— Ele queria que você fosse feliz e, dito isso, sei que ele quer que você seja feliz, mesmo se isso significar encontrar o amor com outro homem.

Balancei a cabeça.

— Eu sei. Odeio que tenha levado tanto tempo para descobrir isso. Naquela manhã, no hospital, quando Carson morreu, ele me disse algo. Ele nunca terminou sua frase, mas queria que eu lhe prometesse alguma coisa.

— O que você acha que era? — ela perguntou suavemente.

— Eu não sabia até então, mas acho que sei agora. Acho que ele queria que eu prometesse que seguiria em frente e encontraria a paz. Por mais bobo que possa parecer, sinto no meu coração que isso foi que ele sempre quis. Ele sempre pensava nos outros antes de si mesmo.

— Isso soa como Carson — disse Jenna, sorrindo. — Não há nada de errado com o que você está fazendo. Galen te ama, e Carson iria querer você feliz e apaixonada por alguém que te trataria tão bem quanto ele o fez, senão melhor.

— Eu sei.

— Ok, então chega de depressão. Vamos terminar isso. — Ela pegou algumas caixas e se dirigiu para o armário. — Já decidiu o que quer fazer com as coisas dele? Você pode guardar ou doá-las.

— Acho que vou manter a maior parte — respondi. — Quero manter as coisas que significavam mais para ele, como este pijama — eu disse, olhando para o pacote nos meus braços. — Não acho que consiga me separar disso.

— Entendo — falou Jenna. — Não acho que eu poderia me livrar de coisas pessoais de Brady também.

Enquanto Jenna trabalhava no closet, fui para os armários, separando as valiosas bugigangas e fotos. Quando vi a imagem de Carson e eu na nossa lua de mel, explodi em gargalhadas quando uma memória veio à tona. A foto parecia perfeita, com Carson e eu sorrindo, enquanto o sol se punha atrás de nós. Fomos para Cozumel e foi um dos melhores momentos da minha vida, mas o que era engraçado foi que, logo após a foto ser tirada, o vestido que eu usava voou acima da minha cintura com o vento. Fiquei mortificada. Foi embaraçoso, porque, além de as pessoas terem visto acontecer, eu estava usando um fio dental. Não preciso dizer que as pessoas ao nosso redor tiveram uma visão *completa*.

— O que é tão engraçado? — perguntou Jenna, rindo para mim.

Mostrei-lhe a imagem e ela começou a rir. Eu sabia que ela se lembrava daquele dia, porque liguei para ela logo depois que aconteceu. Acho que ela riu durante dez minutos direto enquanto eu morria de vergonha. Na época, não foi engraçado, mas agora era bastante hilário.

— Eu gostaria de poder ter estado lá para ver. — Ela riu.

— Sim, e, te conhecendo, você teria capturado o momento em uma pintura e colocado em uma das suas galerias — eu disse, rindo.

Jenna fingiu inocência, parecendo chocada.

— Você honestamente acha que eu faria isso? — perguntou com um sorriso maroto.

— Eu não acho... Eu sei — confirmei, indicando os fatos.

Nós duas rimos e isso iluminou meu coração, por ser capaz de encontrar alegria no passado.

Embalando a imagem, parti para outras coisas. Havia uma pequena caixa do lado e recordei do dia em que a coloquei lá. Enterrei Carson com sua aliança, mas a minha... a minha estava naquela pequena caixa preta. Tirei-a no dia em que saí para ir para a casa dos meus pais porque eu chorava cada vez que olhava para minha mão, e sabia que não podia aguentar mais. Respirando fundo, fechei os olhos ao abrir a caixa.

— O que vai fazer com sua aliança?

Finalmente, olhando para a linda aliança, dei de ombros.

— Não sei. Talvez encontre algo para fazer com ela um dia, mas, por enquanto, vou guardá-la para manter segura.

— Acho que seria ótimo.

— Sim — murmurei para mim mesma, colocando a pequena caixa preta com as outras coisas.

— Vou começar a colocar essas caixas no carro — disse Jenna. Ela olhou para a cama e apontou. — O que você quer fazer com sua cama?

O pensamento de ter que me livrar dela partiu meu coração.

— Não quero me desfazer da cama, mas também não quero mantê-la. Seria ótimo se você ou a minha mãe ficassem com ela.

— Na verdade. — Jenna arrastou as palavras. — Eu poderia colocá-la no quarto extra em casa. Nós finalmente tiramos todo o lixo daquele quarto e armazenamos. Agora, tudo o que temos é um quarto vazio para encher.

— Ah, Twink, isso seria perfeito. Posso mandar entregar em sua casa na próxima semana.

— Ótimo — ela soltou enquanto pegou duas caixas pesadas e dirigiu-se para a porta.

Eu me senti melhor sabendo que não me livraria dela. Uma vez que a mobília do quarto tinha ido embora, a casa estaria completamente vazia e pronta para ser colocada no mercado. Eu estava feliz no meu pequeno apartamento, por isso não havia razão para ficar naquela casa enorme sozinha. Agora tudo que eu precisava fazer era ajudar a arrumar o closet. Entrar nele não foi tão difícil quanto eu esperava. Jenna já tinha embalado a maioria das coisas e fiquei muito grata por isso. Tudo o que restava agora estava nas caixas dentro do carro.

Uma vez que carregamos o carro, percebi que este era o meu

último adeus para a casa. Jenna ficou em silêncio ao meu lado enquanto eu olhava para o que costumava ser um lar feliz e amoroso para mim.

— Você está pronta para ir para casa? — Jenna quis saber.

Olhei para ela e sorri.

— Me encontra lá? Eu tenho mais um adeus para dar antes.

Balançando a cabeça em compreensão, ela apertou meu braço.

— Não tenha pressa. Vou descarregar no seu apartamento.

Eu sorri mais uma vez para ela antes de nos separarmos. O próximo adeus ia ser a última coisa que eu precisava fazer antes de seguir em frente completamente; para encontrar o meu caminho de volta para Galen.

Minha garganta apertou-se enquanto eu dirigia lentamente pelo caminho sinuoso. O monumento de granito de anjo sentado em cima da pequena colina era o lugar do meu destino. Eu queria que simbolizasse o anjo da guarda de Carson, levando sua alma para o céu, porque sabia que era onde ele estava. Um dia, eu esperava vê-lo novamente. Ao meu lado no carro, estava uma única rosa roxa que eu trouxe para colocar em seu túmulo. Carson sempre me comprava rosas multicoloridas em ocasiões especiais, porque sabia que eu nunca poderia escolher uma cor, então, ele teria certeza de que eu tinha todas elas.

Meu coração batia como um louco, então respirei fundo e abri a porta do carro, caminhando até o topo da colina. Não tive coragem de visitar Carson até aquele momento, e estava morrendo de medo. Meus olhos começaram a queimar quanto mais perto eu chegava, mas isso não me impediu de dar os últimos passos para o lugar de descanso do meu marido. Ajoelhando-me na grama macia e verde, coloquei a rosa na borda da lápide. O vento soprou com força, trazendo o cheiro de flores frescas e de uma chuva que estava por vir. Aves piavam enquanto alçavam voo, e a brisa fazia as folhas farfalharem e os ramos balançarem. Era estranho que um lugar de tristeza e morte pudesse ser tão tranquilo e bonito.

Carson foi enterrado bem embaixo de onde eu estava ajoelhada e, mesmo que ele não estivesse realmente lá, eu ainda podia senti-lo em minha alma. Respirei fundo e calmamente antes de falar.

— Oi, Carson — eu disse suavemente, e fiz uma pausa para olhar ao redor. Esperei por uma resposta que, obviamente, nunca viria. Secretamente, uma parte de mim estava esperando ouvir sua voz falando comigo. — Me desculpe por não vir antes, mas você sabe como era difícil para mim. Você sempre me disse que eu era uma pessoa de temperamento forte, mas, quando você morreu, eu era tudo, menos isso. Fugi para esquecer, mas acho que, na verdade, tornou mais difícil para mim — chorei. Deixando as lágrimas caírem, esfreguei as mãos sobre as letras profundamente gravadas do nome de Carson na lápide. — Eu sinto muito a sua falta, Carson. Sinto falta do jeito que você ria, a forma como seus olhos enrugavam quando você sorria, e do jeito que me segurava em seus braços. Sei que a lista poderia continuar para sempre, mas queria que soubesse que eu daria qualquer coisa para ouvir a sua voz novamente, apenas mais uma vez.

Fechando os olhos, deixei a brisa fresca abraçar-me quando o vento aumentou. A primavera chegou e uma nova vida começou, uma nova temporada e tempo de mudança.

— Eu sempre vou te amar, Carson. Podemos não ter tido o tempo todo do mundo, mas isso significava o mundo para mim. Seu amor está dentro de mim e vou guardá-lo até o dia em que eu morrer, até o dia em que pudermos nos ver novamente.

Limpei as lágrimas e dei um beijo na superfície fria da lápide de Carson.

— Adeus, Carson — sussurrei.

O vento soprou de novo e, no meu coração, eu acreditava que era o amor de Carson me abraçando com o seu último adeus. Olhei para seu túmulo mais uma vez antes de, lentamente, ir embora, descendo a colina. Eu tinha feito o que precisava fazer para dar o fechamento ao meu coração, e agora era hora de descobrir o novo caminho; o caminho para novos começos.

Dirigir para o escritório me deixou nervosa e animada ao mesmo tempo. O momento pelo qual Galen estivera esperando pacientemente tinha chegado, e me senti terrível por não contar quando eu ia voltar. Tudo o que eu queria fazer era correr para os seus braços e nunca o deixar ir. Minha segunda chance esteve ali o tempo todo, e agora eu era forte o bastante para aceitá-la. O enorme edifício da M&M Construção e Design estava a apenas algumas quadras de distância e se erguia alto nos céus, ou assim parecia quando você estava diretamente na frente dele. Meu anjo da guarda estava lá e eu só podia esperar que ele me recebesse de braços abertos. Ele disse que iria esperar por mim; ele prometeu. Agora que eu estava pronta para enfrentar meus medos e seguir em frente, parecia que não poderia chegar a ele rápido o suficiente.

Como eu trabalhava no grande edifício, tinha um cartão de estacionamento que poderia usar para o nível de empregados e obter acesso rápido aos elevadores. Estacionando na vaga mais próxima que encontrei, saltei do carro e corri para os elevadores. Meu coração estava batendo descontroladamente e senti como se meu corpo fosse explodir com a adrenalina correndo pelas minhas veias.

— Vamos lá! — gritei com impaciência dentro do elevador, exigindo que ele se movesse mais rápido.

É claro que isso não aconteceu. Estava feliz por estar sozinha, porque sabia que parecia uma criança impaciente com os braços cruzados, enquanto batia o pé com raiva. Só mais três andares... depois dois... então um. Finalmente consegui! A porta se abriu e os olhos de Rebecca se alargaram ao me ver correndo em direção ao escritório.

— Oi, Rebecca! — disse apressadamente enquanto passei por sua mesa.

— Korinne, espere! — Rebecca chamou.

Eu não parei, continuei indo para abrir a porta do escritório de qualquer maneira. Olhei em volta freneticamente, esperando ver Galen, mas então meu coração caiu quando vi que ele não estava.

Rebecca estava atrás de mim quando me virei.

— Onde ele está? — Engasguei com o pânico correndo em minhas veias.

Eu não era uma pessoa paciente e, agora que estava determinada a encontrá-lo, não conseguia parar até que conseguisse. Agarrando meu celular, decidi ligar para ele, mas as próximas palavras de Rebecca me pararam.

— Ele não vai responder.

Parando no meio da discagem, virei a cabeça para olhá-la. De pé, congelada no lugar, olhei-a com horror e confusão. Os olhos de Rebecca se arregalaram e, em seguida, do nada, ela começou a rir, balançando a cabeça. Que diabos estava acontecendo?

— Korinne, querida, relaxe. Ele não está te ignorando de propósito — afirmou, rindo. — Eu não queria te assustar, embora tenha sido impagável ver sua reação.

Soltei a respiração que sabia que estava segurando e, felizmente, a tontura diminuiu. O alívio passou por mim e, se eu não estivesse com pressa, teria desabado em uma das cadeiras do lobby, mas tinha que saber onde encontrá-lo.

— Becky, isso não foi engraçado — eu disse, com um toque de irritação. — Onde ele está que não vai responder minha ligação?

— No aeroporto. Teve que ir a Denver atender um cliente em potencial.

— Quando o voo sai? — perguntei, impaciente, já caminhando para o elevador.

— Em uma hora! — Rebecca gritou quando a porta do elevador se fechou.

Por favor, deixe-me chegar a tempo. Se o maldito elevador não se movesse mais rápido, eu iria perder a minha chance de fazer isso direito antes de ele ir embora.

Capítulo Quatorze

Galen
Clube Mile High Terrestre

O acordo de negócios em Denver não poderia ter vindo em pior hora. Eu respeitei a decisão do Korinne e lhe dei tanto tempo e espaço quanto ela precisava. Há duas noites, na recepção, ela disse que iria voltar para mim em breve. Pensei em ligar para dizer que eu estava deixando o estado para me encontrar com um novo cliente, mas decidi não o fazer. O acordo significaria muitos negócios para minha empresa. A viagem só foi agendada para uma semana, mas os últimos dias foram uma piscina infinita de agonia.

Aeroportos não eram meus lugares favoritos para estar. Embora eu adorasse voar, não suportava as pessoas rudes. Tive que morder minha língua em numerosas ocasiões para não reclamar de algumas pessoas. Infelizmente, não ficaria bem para a minha empresa se fosse noticiado que supostamente persegui alguém no aeroporto. Ser uma pessoa pública com certeza tinha suas desvantagens. Meu voo estava programado para sair na próxima hora, e hesitei quando peguei o telefone para enviar a Korinne uma mensagem de texto. Digitei que estaria fora da cidade, mas, quando estava prestes a pressionar "enviar", a voz mais doce que eu estava morrendo de vontade de ouvir gritou meu nome.

— Galen!

Virei a cabeça e segui o som de sua voz. Rebecca deve tê-la

informado da minha partida porque ninguém mais sabia. Procurando no meio da multidão, eu finalmente a vi. Ela estava olhando em volta freneticamente, ainda desesperada, mas animada, quando finalmente encontrou o meu olhar. As lágrimas corriam por suas bochechas como rios, enquanto ela estava ali congelada, seus olhos nunca deixando os meus. Eu estava prestes a ir até ela, mas ela não me deu chance. Em apenas uma questão de segundos, ela atirou-se em meus braços e gritou contra o meu peito. Segurei-a com força e deixei seu corpo se fundir ao meu, respirando-a profundamente apenas para me assegurar de que realmente ela estava lá comigo. Esfreguei as mãos por suas costas, afagando, para acalmá-la, enquanto lágrimas quentes molhavam minha camisa.

— Korinne — sussurrei, beijando o topo de sua cabeça.

Ela se afastou para me olhar, com os olhos vermelhos e úmidos de lágrimas.

— Pensei que chegaria tarde. — Ela suspirou, recuperando o fôlego. — Eu tinha que ter certeza de que chegaria aqui a tempo de lhe dizer...

Colocando uma mecha de cabelo atrás da orelha, lentamente arrastei minha mão por seu rosto.

— Dizer-me o quê, amor?

Ela, então, fez uma pausa e seus olhos cinza tempestuosos me levaram embora, os mesmos olhos cinzentos que me possuíram há muitos anos.

Korinne respirou fundo e se aproximou para beijar-me gentilmente. Seus lábios eram macios e quentes, e tinham sabor de madressilvas doces em um dia quente de verão. Era inebriante e sempre me fazia desejar mais. Eu tinha sentido falta da sensação de seu corpo nas últimas semanas, e tinha certeza de que meu pau duro pressionando contra sua barriga a deixava ciente disso. Movendo-se para mais perto, ela apertou os seios deliciosos contra o meu peito e sussurrou em meus lábios:

— Eu vim dizer que te amo. Sinto muito por ter te feito passar por tudo isso, mas estou aqui agora e nunca vou deixar você ir. Você é meu. — A possessividade na voz dela era sexy demais e, definitivamente, soava como a Korinne resoluta que eu conhecia e amava. Suas palavras eram o que eu estava esperando ouvir.

— E você é minha, Korinne. Espero que saiba onde se meteu. A partir deste momento, se tiver problemas, você os resolverá junto comigo. Não pode fugir de novo, eu não vou deixar.

— Eu não vou fugir... Prometo. Você está preso a mim — brincou ela.

Não podendo esperar mais, reivindiquei sua boca em um beijo desesperado, provando-a como se estivesse morrendo de vontade de prová-la por semanas. Eu tinha sido privado dela e agora ia tomá-la como minha. Todos e tudo não importavam mais, exceto a mulher em meus braços, a mulher por quem estava apaixonado. Gemi quando Korinne rompeu o beijo, os lábios vermelhos e inchados exigindo serem beijados novamente. Meu pau doía para estar dentro dela, para sentir seu interior apertado, molhado em torno de mim e apertando-me forte. Como eu poderia ficar mais uma semana sem o seu toque? Ia ser absolutamente impossível.

— Tem certeza de que tem que ir? — Korinne me provocou de brincadeira.

Ela ficou pressionada contra mim, escondendo meu pau rígido de olhos curiosos.

— Sim, tenho que ir, amor. A empresa acabou de conseguir uma nova conta, então vou para Denver durante uma semana — respondi com pesar.

Ela assentiu em entendimento, mas seus olhos pareciam tristes.

— Entendo. Lamento que levei tanto tempo para voltar para você. Pode me perdoar?

Coloquei meus dedos sobre seus lábios e disse:

— Não há nada a perdoar. Você está aqui agora, isso é tudo que importa. — Olhei para baixo entre nossos corpos para meu pau rígido e duro sob minhas calças, e depois de volta para ela e sorri. — Embora acredito que *ele* tenha suas objeções.

Korinne olhou para mim com um sorriso diabólico.

SEGUNDA CHANCE PARA O AMOR

— Acho que podemos remediar isso. — Levantando a sobrancelha, ela sorriu para mim em resposta com um brilho nos olhos. — Siga-me — ela sussurrou com a voz rouca.

Em questão de segundos, invadimos um banheiro e nos trancamos em uma cabine. Seu olhar apaixonado e carente fez-me entrar e, naquele momento, eu estava feliz de fazer o que ela quisesse.

— Preciso de você, Galen — Korinne disse suavemente, e essas palavras eram tudo o que eu precisava.

Gemi quando ela passou a língua ao longo do meu pescoço até a mandíbula, depois para o lóbulo da orelha, onde ela mordeu. Eu não podia esperar mais. Sua calça foi embora no instante seguinte, e rapidamente tirei a minha, deixando-a cair no chão. Reivindicando seus lábios com os meus, emaranhei minha língua com o gosto doce dela. Tudo que eu queria era provar mais, mais do que a essência doce, mas sabia que o tempo não permitiria isso. Teríamos muitos outros momentos para compensar o tempo perdido. Eu a levantei febrilmente, colocando as mãos sobre os montes suaves do seu traseiro nu e pressionando-a firmemente contra a parede. Meu pau estava duro e dolorido com a necessidade de possuí-la ali naquele momento, e tão duro quanto possível.

— Isso não vai demorar muito, amor. Eu te quero há muito tempo — declarei com a voz rouca.

Sua voz era sensual e sedutora quando ela respondeu:

— Não vou durar muito também, Galen.

Guiando-a para baixo no meu pau, entrei com força e rápido. Ambos gritamos em êxtase. Sua vagina molhada era indicação suficiente do quanto ela estava pronta para mim. Ela moveu os quadris junto com os meus impulsos enquanto suas costas moviam-se para cima e para baixo na parede. Puxei sua camisa acima dos seios e agarrei um firmemente, tendo o outro mamilo robusto em minha boca, provocando-o com a língua. Suas unhas cravaram em minhas costas quando bombeei cada vez mais forte em suas dobras apertadas. Não acho que chegaria um momento em que eu conseguiria o suficiente dela. O corpo dela se apertou mais forte em volta do meu pau quanto mais forte fui, ordenhando-me para um fim que eu sabia que estava muito próximo.

— Galen — Korinne gemeu. — Estou tão perto.

— Eu... sei... — gaguejei.

Empurrando mais fundo, ela apertou suas pernas em torno da minha cintura, mantendo-me preso. Minha libertação veio rapidamente dentro do seu corpo apertado enquanto ela se contraía com seu orgasmo. Eu a segurei nos braços, ainda envolvida em torno do meu corpo. Comigo ainda dentro dela, apreciamos as réplicas dos nossos orgasmos.

— Eu te amo — eu disse, enquanto olhava em seus olhos. — Sempre te amei.

Beijei-a suavemente nos lábios antes de levantá-la do meu pau ainda duro. Por mais que desejasse poder fazer amor com ela de novo, sabia que não podia. Nós dois limpamo-nos o melhor que conseguimos, sorrindo e olhando um para o outro no espelho do banheiro o tempo todo, depois voltamos para o portão de embarque. Felizmente, fomos os únicos no banheiro durante aquele tempo, mas era um risco que eu estava disposto a correr. Chegamos a tempo de o atendente no portão fazer o anúncio da minha partida pelo interfone.

— Passageiros da primeira classe a embarcar no voo 1284 para Denver.

— É o meu. — Suspirei tristemente. Korinne tinha um brilho sobre ela, e eu não conseguia tirar os olhos dela. — Você é tão bonita — murmurei em seu ouvido enquanto a segurava apertado. — Quando eu voltar, precisamos recuperar o tempo perdido.

Korinne sorriu.

— Mal posso esperar. Vai me ligar quando desembarcar? Assim, vou saber que está seguro.

Balancei a cabeça.

— Eu vou, e ligarei todos os dias para que possa ouvir o doce som da sua voz.

Seu rosto brilhou ainda mais e ela sorriu.

SEGUNDA CHANCE PARA O AMOR

— É um bom plano. Sei que tenho muito a recuperar.

— Sim, você tem — provoquei. — E vou aproveitar cada minuto disso.

O som do atendente fazendo o anúncio final para o embarque veio pelo alto-falante.

— Você tem que ir — ela murmurou baixinho.

Beijei seus lábios levemente e segurei seu rosto.

— Estarei de volta em breve, prometo. Eu te amo, Kori.

— E eu te amo. — Ela sorriu e me deixou ir.

Virando-me para ir embora, olhei para trás uma vez mais para vê-la tentando desesperadamente conter o sorriso doce. Aquele sorriso foi a última coisa que vi antes de virar a esquina, e seria a única coisa que eu pensaria no tempo todo em que estivesse longe.

Capítulo Quinze

Korinne

Novos começos

— Você está pronta para o Sr. Matthews voltar para casa? — Rebecca perguntou em uma voz cantante.

Rindo, virei na minha mesa para vê-la com um sorriso enorme no rosto.

— Sim, estou animada! Não vejo como esta semana poderia ter passado mais devagar.

— Eu sei, querida, mas tudo que você tem é mais um compromisso e, em seguida, deve ser o tempo de ele voltar para casa.

Sorri, pensando sobre aquela noite e sabendo que estaria com Galen, sem restrições ou reservas, apenas eu e ele. O que houve no aeroporto foi algo que eu nunca tinha feito ou pensado em fazer na minha vida. Galen aflorou a espontaneidade em mim, junto com um insaciável desejo de fazer amor com ele. Amei o quanto isso era estimulante.

— Korinne?

Voltei a atenção para a voz de Rebecca chamando meu nome.

— Querida, você precisa parar de sonhar acordada e pegar a estrada ou vai se atrasar.

Olhando rapidamente para o relógio, vi que estava chegando a hora do meu compromisso com um novo cliente.

— Droga! É melhor eu ir, então.

Rebecca riu e voltou para sua mesa enquanto eu rapidamente juntei minhas coisas. Pensar em Galen ia interferir no meu trabalho se eu não tomasse cuidado. Se ele estivesse naquela semana no escritório, eu provavelmente não teria conseguido fazer nada. Arrumei minhas coisas e saí. O tráfego não estava tão ruim, então o caminho para a casa do meu cliente levou menos tempo do que eu esperava. Pelo menos, cheguei dez minutos antes do previsto. O bairro fechado era muito bom e em torno de um campo de golfe. Meus pais teriam amado isso, já que golfe era seu hobby favorito. Tentei aprender, mas nunca peguei o jeito. Parei na calçada e saí do carro. Às vezes, eu nunca sabia o que esperar dos meus clientes, mas vi que era uma surpresa quando a porta se abriu e...

— Kori?

Chocada em silêncio, eu olhava para quem costumava ser uma das minhas melhores amigas na escola. Melissa era uma das amigas mais doces e pé no chão que eu tinha naquela época. Ela ainda estava linda como sempre e parecia exatamente a mesma. Seu cabelo vermelho ondulado caía pelos ombros e seus olhos ainda eram os mais verdes que já vi. Estávamos acostumadas a ter alguns momentos de diversão juntas, mas, depois, lentamente, nos separamos quando fomos para faculdades diferentes. Era incrível como coisas assim mudavam.

— Bem, o que temos aqui? — gritei animadamente.

Foi maravilhoso vê-la novamente. Ela gritou junto comigo e nós nos abraçamos.

— Korinne, eu não tinha ideia de que você estava vindo! Ouvi que Korinne Anders era a melhor, mas eu não sabia que eles estavam falando sobre você. Venha!

Ela riu enquanto sinalizava para eu entrar. Sua casa era surpreendentemente bem construída, e parecia que ela tinha acabado de se mudar, visto como o ambiente principal estava vazio. Havia algumas cadeiras de terraço espalhadas, o que achei meio estranho. Olhando ao redor da sala, pensei que poderia esconder meu olhar cético, mas não acho que consegui. Melissa começou a rir, então virei para olhá-la, curiosa para saber o que ela achou engraçado.

— Você costumava ter o mesmo olhar antigamente quando estava pensando muito sobre algo — afirmou ironicamente.

Dei de ombros, ainda olhando para todos os ambientes.

— Bem, estou apenas um pouco surpresa por você ter essa casa enorme e não ter muitos móveis, exceto por aquelas cadeiras de terraço ali. — Apontei e ri.

— Veja, esse é o problema. Eu costumava ter um monte de coisas aqui, mas, depois que meu marido traidor e eu nos divorciamos, ele levou a maioria das coisas. A casa foi deixada para mim, mas eu a mereci de qualquer maneira depois do que ele fez comigo. Eu *queria* que ele tirasse toda a sua merda daqui de dentro.

— Uau — eu disse, espantada. — Nós temos muito que recuperar o tempo perdido, não?

Ela suspirou.

— Sim, temos.

— Diga-me o que você quer e vou ver o que consigo — eu disse a ela, enquanto apontava para a sala vazia.

Melissa me levou por toda a casa e deu-me as suas ideias sobre o que gostaria e o que eu poderia fazer por ela. Depois que tudo foi concluído, eu sinceramente acreditava que seria um dos meus projetos favoritos. Suas ideias misturadas com as minhas deixariam a casa linda. Eu mal podia esperar para passar mais tempo com ela.

— Agora que o negócio foi fechado, que tal uma xícara de chá? — Melissa ofereceu.

— Sim, obrigada. Isso seria ótimo.

Melissa foi buscar o chá e fez sinal para eu segui-la. Sentamos na mesa do pátio na varanda dos fundos da casa enquanto pegávamos sol. A fria brisa da primavera era o clima perfeito para uma pausa ao ar livre. Aquele dia havia sido perfeito em geral. Eu estava reunida com uma das minhas amigas de infância e veria o homem que amava dentro de apenas algumas horas.

— Há quanto tempo você se divorciou?

Ela franziu as sobrancelhas em concentração.

— Cerca de um mês agora, eu acho. Ele teve a ousadia de me trair com a nossa vizinha. Pode acreditar nisso?

Meus olhos se arregalaram de surpresa.

— Uau! Isso é... sério. Que babaca.

Melissa tomou um gole de chá e assentiu.

— Nem me fale. Bem, depois que o peguei na cama com ela, foi fim de jogo.

— Você sabia que ele estava te traindo? — perguntei, curiosa.

— Tive minhas suspeitas, então, um dia, decidi voltar para casa mais cedo do trabalho só para ver se poderia pegá-lo, e você sabe... eu o fiz. Foi o timing perfeito.

Melissa era um fogo de artifício na escola, então eu só podia imaginar o que ela fez quando descobriu. Eu me aproximei, ansiosa para ouvir o resto da história.

— O que fez quando os encontrou?

Seus lábios se curvaram no canto e eu sabia muito bem o que aquilo significava. Era seu sorriso diabólico, o sorriso que dizia "Eu não levo desaforo de ninguém e você vai pagar por isso".

— Bem, contornei a casa e peguei a mangueira de água. Nosso quarto ficava bem ao lado do primeiro nível, por isso foi fácil ir até lá, uma vez que eu estava dentro. Deixou-me doente ouvir seus grunhidos e gemidos, mas arrebentei a porta e pulverizei-os com água gelada.

Coloquei a mão na boca para abafar a risada que tentava escapar. Melissa estava rindo, mas eu podia ver a dor que ainda permanecia em seus olhos.

— Sinto muito, Melissa. Sei que não é engraçado, mas só posso imaginar o quanto você deve ter sido terrível. Você tem um temperamento igual ao meu.

Ela deu uma risadinha.

— E é por isso que ninguém mexia com a gente na escola. Uma vez que eu os encharquei, a vadia correu para fora da casa com a bunda de fora. Foi engraçado vê-la correr ao redor aos gritos. Seu marido não estava muito feliz de vê-la correndo para sua casa sem roupas, no entanto.

— Eles se divorciaram também?

— É claro que sim. Seu marido ficou histérico e jogou todas as suas coisas no gramado da frente. Não preciso dizer que foi a maior emoção que este bairro viu em muito tempo. Tudo bem, então chega de falar sobre mim e minha vida bagunçada. Conte-me sobre você e o que andou fazendo. Você é casada? Divorciada?

Tomei um gole de chá antes de responder. Melissa sorriu e esperou pacientemente eu falar.

— Eu *fui* casada, mas ele morreu há alguns meses.

Melissa engasgou e cobriu a boca com a mão.

— Oh, Korinne, eu sinto muito. Você não tem que falar sobre isso, se não quiser.

Tranquilizei-a com um aceno de mão e sorri.

— Está tudo bem. Eu gosto de falar sobre Carson. Costumava me machucar falar sobre ele, mas agora não posso imaginar não falar sobre ele. Eu sinto muita falta dele, mas ele sempre estará em meu coração.

— Se não se importa de eu perguntar, o que aconteceu?

— Ele morreu em um acidente de carro. Tinha feito horas extras no hospital sem dormir. Era algo que gostava de fazer e nunca se importou. Ser médico era sua paixão. No caminho para casa, adormeceu ao volante e caiu em uma vala. Morreu na mesma manhã.

Lágrimas brotaram nos olhos de Melissa quando ela pegou minha mão.

— Se eu soubesse disso, teria a certeza de estar lá para você.

Eu sorri.

— Sei que você teria, mas, depois que ele morreu, eu me mudei para Charleston por um tempo para ficar com meus pais. Acabei de me mudar para cá alguns meses atrás. Por não ser capaz de lidar com a perda, fugi, mas finalmente estou chegando a um acordo com ela.

— Bem, parece que você está indo muito bem. Você trabalha para uma empresa incrível e tem um dom maravilhoso e criativo.

Antes que ela tivesse a oportunidade de continuar, meu telefone tocou com a chegada de uma mensagem de texto. Olhei para a tela e meu coração bateu um milhão de vezes mais quando vi o nome de Galen aparecer. Ele estava finalmente em casa!

Galen: *Faça uma mala. Você vai ficar comigo pelo resto da semana.*

— Ah, eu reconheceria esse tipo de sorriso em qualquer lugar. Diga-me quem é — Melissa brincou.

Eu rapidamente mandei uma mensagem para Galen de volta.

Eu: *Estou tão feliz que você esteja de volta. Senti saudade. Te vejo daqui a pouco.*

O sorriso bobo no meu rosto fez Melissa rir e balançar a cabeça. Não pude deixar de sorrir quando pensei sobre Galen.

— O nome dele é Galen. Ele é o dono da M&M.

— Oh, uau! Namorando o chefe, hein? Como isso aconteceu?

— Eu o conheci na faculdade. Nós namoramos por um tempo, mas então me transferi para outra universidade. Eu o amava naquela época e o amo agora. Depois que Carson morreu, pensei que teria muito medo de amar novamente, mas Galen é apenas... Galen. Eu não poderia evitar me apaixonar por ele. É assustador me sentir desta forma, mas não podia ignorar o que meu coração estava me dizendo. Ele é a minha segunda chance de uma nova vida.

— Estou feliz por você, Korinne. Talvez um dia eu tenha uma segunda chance no amor. Vai ser difícil confiar em alguém, mas acho que preciso acreditar que *há* alguém lá fora para mim.

Apertando sua mão levemente, olhei em seus olhos verdes brilhantes com carinho e compreensão. Eu podia ver em seu olhar que ela estava sozinha, mas Melissa era forte e iria conseguir passar por isso.

— *Há* alguém lá fora que irá te amar com todo o coração e que vai ganhar essa confiança que você procura. Todo mundo merece uma segunda chance, e sua hora vai chegar. Eu nunca pensei que teria uma, mas consegui, e ele é o homem mais incrível que conheço.

Melissa se levantou e pegou nossas xícaras.

— Obrigada. Realmente espero que você esteja certa.

— Eu estou sempre certa — provoquei. — Você deveria saber disso.

Nós rimos e nos despedimos. Feliz e animada, fui para casa para fazer a mala. Eu tinha muito tempo para compensar com Galen e ia começar naquela noite.

Um mês depois

— Por que você simplesmente não mora comigo? — Galen sussurrou em meu ouvido.

Seus braços estavam quentes e protetores, enrolados em volta da minha cintura, me segurando perto, quando estávamos deitados na cama. Fingi ainda estar dormindo, mas não conseguia parar de sorrir. Desde que ele chegou em casa de sua viagem de negócios, eu tinha estado lá todas as noites. A semana que ele queria que eu ficasse se transformou em duas semanas, depois três, e agora o mês inteiro. As únicas vezes em que fiquei em meu apartamento tinham sido para pegar mais das minhas coisas e sair.

Ele me cutucou de brincadeira na lateral, mas o ignorei, tentando desesperadamente não rir.

— Eu sei que você não está dormindo, Kori. Por que não me responde?

Eu ri no travesseiro e virei o corpo para que pudesse encará-lo.

— Porque gosto de fazer você se esforçar. — Eu ri.

Ele sorriu, mas então sua expressão mudou.

— Estou falando sério — disse, enquanto olhava profundamente em meus olhos.

Seus olhos azuis ardentes transmitiam todas as suas emoções em um só olhar. Amor, paixão, determinação.

— Eu quero você comigo sempre. Pode facilmente quebrar o contrato de locação de seu apartamento.

— O que você diria se eu dissesse não? — perguntei, curiosa.

Encolhendo os ombros, ele soltou um suspiro.

— Acho que teria que respeitar a sua decisão. Por quê? Está dizendo não?

Ignorei a pergunta e continuei.

— O que você diria se eu dissesse sim?

Ele estreitou os olhos para mim e sorriu, sabendo muito bem o jogo que eu estava fazendo.

— Então eu teria que dizer que você é a mulher mais sortuda do mundo — ele zombou, e abafou uma risada quando bati em seu braço. — Então está dizendo sim? — perguntou, parecendo esperançoso.

— Claro que estou dizendo sim, bobão. Eu adoraria morar com você, mas discordo de você sobre uma coisa.

— O que seria, posso saber?

— Acho que eu tornaria *você* o homem mais sortudo da Terra se me mudasse para cá — retruquei.

— Acredito que possa estar certa — reconheceu.

Galen tomou meus lábios e acariciou-os com os seus, todo amor e possessividade... reivindicando.

— Você é minha — disse ele com convicção completa. O tom rouco da sua voz e o olhar possessivo disseram que ele nunca me deixaria ir, mesmo sem dizer as palavras. Eu não precisava que ele dissesse. — Você será minha para sempre.

— Sim, eu serei — prometi com todo o coração.

Os raios do sol da manhã começaram a espiar através das cortinas, me fazendo apertar os olhos com a claridade. Seria outro belo dia de primavera, então perguntei:

— O que você quer fazer hoje?

Ele sorriu maliciosamente para mim e confessou:

— Bem... sei que é sábado, mas temos trabalho a fazer hoje.

Eu comecei a gemer, mas ele colocou um dedo nos meus lábios.

— Você não me deixou terminar. Enfim, pensei que poderíamos tornar a experiência um pouco mais agradável e discutir as coisas durante um piquenique.

— Isso seria bom! Vai ser como nos velhos tempos — gritei feliz.

— Sim, eu sei — ele concordou. — Queria trazer de volta todas aquelas memórias de diversão que tivemos juntos.

— Você se lembra de quando trancou as chaves na Azulona e começou a chover? — perguntei suavemente. Esse momento tinha sido marcado em minha mente.

Galen soltou um suspiro e passou um dedo pela minha bochecha.

Seu hálito quente fez cócegas no meu rosto quando ele falou.

— Como eu poderia esquecer, amor? Naquele dia fatídico na chuva foi a primeira vez que eu disse que te amava — ele me beijou com ternura antes de continuar com o pensamento — e depois fizemos amor na chuva.

Com um brilho nos olhos, ele se afastou e sorriu para mim, e eu podia ver que o Galen brincalhão estava de volta.

— Talvez chova hoje. Não seria divertido fazer amor na chuva de novo? — Ele balançou as sobrancelhas e pulou para fora da cama.

— Aonde está indo? — Eu fiz beicinho, franzindo os lábios.

— Preciso fazer o piquenique enquanto você fica pronta. Te leva *muito* mais tempo para se vestir do que para mim.

Joguei um travesseiro, mas ele abaixou-se com sucesso e se esquivou.

— É verdade! Agora se apresse para que possamos ir.

— Tudo bem! — cedi.

SEGUNDA CHANCE PARA O AMOR

Mesmo que tivéssemos que trabalhar, ainda seria divertido ter o nosso piquenique. Trinta minutos mais tarde, eu estava vestida e pronta para sair. Indo para o lado de fora, pude ver que Galen já tinha embalado e carregado tudo na Azulona.

— Vamos lá, lentinha! — Galen chamou.

Revirando os olhos para ele, eu casualmente fui até a caminhonete. Ele abriu a porta para mim e beijou minha bochecha antes de eu entrar. Eram pequenas coisas como essa que faziam meu coração acelerar.

— Então, exatamente aonde estamos indo para esse piquenique?

Galen sorriu maliciosamente para mim e piscou.

— É uma surpresa, mas tenho que avisá-la, fica a cerca de uma hora e quarenta e cinco minutos daqui.

Virei minha cabeça para olhar para ele, incrédula.

— Uau! Você sabe que poderíamos ter feito um piquenique no seu quintal. Tem uma estrutura incrível lá fora, com uma excelente vista para o lago.

Galen deu de ombros e começou a subir na velha caminhonete.

— Eu sei, mas você vai entender o porquê quando chegarmos lá. Você só precisa confiar em mim.

Fiquei intrigada e, infelizmente, não tinha ideia do que Galen tinha na manga. Uma vez que chegamos na estrada, eu poderia dizer, de acordo com a direção que estávamos indo, que provavelmente nos dirigíamos para as montanhas. Galen sabia que qualquer lugar nas montanhas era meu paraíso. Havia algo nelas que me chamava e me dava paz.

— Você já sabe para onde estamos indo? — Galen perguntou.

Balancei a cabeça.

— Talvez não o local exato, mas parece que estamos indo para as montanhas. Estou certa?

— Está, querida. Nós não estamos tão longe agora, apenas cerca de cinquenta quilômetros. — Naquele momento, seu telefone tocou no console central. — Você se importa de ver para mim?

Enfiei a mão no console e peguei seu telefone.

— Quem é Jacob Harrington?

Os olhos de Galen ficaram ligeiramente arregalados e ele tirou o telefone de mim.

— Ele está no negócio de Denver. Quando não tive nenhuma resposta, assumi que eles não tivessem gostado do que eu tinha a oferecer.

O telefone não parava de tocar e olhei para ele com os olhos arregalados, esperando-o atender.

— Atenda, Galen — eu disse, impaciente.

Ele finalmente atendeu e eu me sentei lá, congelada, observando cada mudança em sua expressão. *Até aí tudo bem*, pensei. Quando desligou o telefone, seu rosto estava branco, então eu não tinha ideia se eles queriam a nossa empresa ou não.

— Então?

Ele olhou para mim e o enorme sorriso que se formou em seu rosto disse tudo.

— Eles aceitaram!

Eu gritei e aplaudi com entusiasmo.

— O que acontece agora? — perguntei alegremente.

Ele balançou a cabeça.

— Não muita coisa, mas com a gente expandindo nossos negócios para o oeste...

— Vai deixar-nos mais conhecidos em todo o país em vez de apenas na costa leste — terminei por ele.

— Exatamente — ele disse, sorrindo amplamente. — Vai ser ótimo para a empresa e para o nosso futuro.

Galen pegou minha mão e apreciamos o resto da viagem em silêncio. Nós dois estávamos animados com a ligação, e eu sabia que Galen estava flutuando por isso. Eu sabia que ele estava louco para contar a todos o mais rápido possível. Não demorou muito para que os cinquenta quilômetros passassem e chegássemos ao nosso destino. Estávamos no meio do nada com nada nem ninguém por quilômetros e quilômetros de distância. A vista era absolutamente impressionante, e eu tinha que elogiar Galen por escolher o que tinha que ser o melhor local para piquenique do mundo.

— Chegamos! — Galen anunciou.

Ele sorriu e deu um tapinha na minha perna antes de sair do carro. Eu fiz o mesmo, mas fiquei um pouco cautelosa por estar naquela terra. E se pertencesse a alguém e fôssemos presos por invasão?

— Nós não estamos invadindo, não é? — Eu me encolhi ao falar as palavras. — Não quero ir para a cadeia, sabe?

Galen bufou e revirou os olhos.

— Korinne, pare de se preocupar. Vamos ficar bem, prometo. Está com fome?

— Faminta — respondi, esfregando meu estômago.

Galen começou a tirar as coisas da caminhonete.

— Se me der alguns minutos, vou ter tudo arrumado. Se caminhar um pouco por esse caminho, você vai ter uma vista das cachoeiras.

— Sério? — gritei animadamente.

Ele riu.

— Sim, sério, então, vá olhar enquanto arrumo nossa comida.

— Se eu não te conhecesse, diria que você estava tentando se livrar de mim por um tempo. — Estreitei os olhos para ele, que me deu seu sorriso de menino, deixando a covinha bonitinha me conquistar.

Ele me dispensou, então, em troca, revirei os olhos para ele e fui pelo caminho em direção às cachoeiras. Algo não estava bem com ele. Ele estava agindo muito estranho. O sorriso em seu rosto era de excitação, mas também o mesmo sorriso que ele daria se soubesse de algo e eu não. Ele poderia ser um bastardo sorrateiro, às vezes, mas eu amava isso nele. Indo pelo caminho, fiquei surpresa por já poder ouvir o som vibrante das cachoeiras à frente. Como é que Galen sabia sobre esta terra? Não deve ter sido fácil de encontrar.

O cheiro de pinho me envolveu e respirei profundamente. Algumas pessoas gostavam de camomila para acalmar-se, mas eu sempre escolhia o aroma de pinho. Esta terra me fez lembrar de uma pintura. Talvez eu levasse Jenna ali um dia para que ela pudesse capturar a paisagem na tela. Ela saberia como fazê-lo perfeitamente. As flores silvestres que decoravam o chão, juntamente com a sensação mágica da terra, me fizeram lembrar de um conto de fadas. Aquele era o tipo de lugar onde eu queria viver. Ele estava escondido e situado longe da vida cotidiana da cidade. Uma abertura na folhagem estava à frente e o som das quedas tornou-se ainda mais alto. Quando finalmente cheguei lá, meu corpo congelou por sua própria vontade, e eu sabia, por um segundo, que tinha esquecido de respirar. As cachoeiras eram absolutamente magníficas. Havia três conjuntos diferentes delas, um levando ao outro. Isso era muito melhor do que fazer trilha com um bando de estranhos. Era difícil desfrutar da natureza e da beleza de tal coisa quando havia uma tonelada de pessoas zanzando.

— Eu sabia que você ia gostar — Galen falou atrás de mim.

Ele me assustou e eu saltei de surpresa, colocando a mão sobre o peito.

— Como soube sobre este lugar? — perguntei, respirando com dificuldade por causa da empolgação.

Galen sorriu e deu de ombros.

— Tenho meus meios.

— Você está sendo terrivelmente enigmático — confessei sombriamente. — O que está acontecendo? — Tentei fazer uma cara séria ao cruzar os braços à frente do peito.

Ele me olhou de cima a baixo e riu.

— Vamos, vamos começar a trabalhar e comer o nosso almoço.

Bufei em aborrecimento.

— Tudo bem, não me diga nada, mas você sabe como tenho um talento especial para descobrir as coisas. Não será capaz de guardar um segredo de mim por muito tempo.

— Estou bem ciente disso — ele brincou. — Você vai saber tudo em breve. — Pegando minha mão, Galen levou-me de volta para o nosso piquenique.

O menu parecia delicioso. Ele levou vinho, queijo, frutas e, claro, não poderia esquecer seus favoritos: sanduíche de pasta de amendoim e geleia. Depois de olhar para a expressão no meu rosto, ele disse:

— Não pude evitar. Você sabe que é o meu favorito.

— Eu sei — provoquei.

Sentando sobre o cobertor, Galen serviu-me uma taça de vinho e entregou o prato com os queijos e frutas.

— Você está pronta para começar a trabalhar?

Gemi e dei um grande gole no vinho.

— Não posso acreditar que você está me fazendo trabalhar em um sábado.

— Bem, tecnicamente, apenas eu vou trabalhar, mas, desde que você está junto comigo, pode me ajudar.

— Sorte a minha — murmurei para mim mesma.

— Eu ouvi isso! — Galen riu.

Ao lado do cobertor, Galen tinha uma pilha de plantas.

— Por favor, me diga que você não vai ter que trabalhar em cada um desses esquemas — reclamei, apontando para a pilha.

— Não — Galen respondeu, balançando a cabeça. — Mas há um layout no qual quero sua opinião.

Normalmente, nunca fiz nada com os layouts, mas amava olhá-los. Um dia, iria criar minha própria planta.

— Em qual dessas você precisa trabalhar primeiro?

Galen estreitou os olhos e estudou a pilha. Enquanto ele contemplava, coloquei algumas uvas na boca, à espera da sua resposta.

— Humm... Acredito que a que tem a etiqueta vermelha no topo.

Olhando para a pilha, vi a que tinha a etiqueta vermelha e a peguei.

— Achei! — disse sarcasticamente.

Agarrando-a, entreguei-a a Galen, mas não antes de os meus olhos pousarem em algo reluzente e brilhante prendendo a planta. Pisquei várias vezes para ver se talvez eu estivesse imaginando o que estava olhando.

— É de verdade, Korinne — Galen falou calmamente.

Choque e pavor tomaram conta de mim enquanto eu olhava perplexa para o anel de diamantes brilhantes que cintilavam ao sol. Minhas entranhas estavam gritando de alegria e meu coração parecia prestes a sair do meu peito. *Isso estava realmente acontecendo?*, pensei. Galen, delicadamente, arrancou o rolo de papel da minha mão e baixou o anel até que pousou em sua mão. Nenhuma palavra se formou em minha boca enquanto eu estava sentada lá, esperando-o pacientemente falar novamente. Galen se aproximou e pegou minha mão esquerda na dele. Ele olhou para a minha mão trêmula e sorriu.

— Korinne — começou ele.

Galen levantou o olhar lacrimejante e meu coração derreteu naquele instante. O Galen forte e determinado nunca chorava, então, vê-lo daquele jeito, mostrando o seu lado vulnerável, era tudo no mundo para mim. Ele me mostrou o quanto se importava comigo.

— Eu te amo tanto, Korinne, e te quero comigo sempre. Você não tem ideia de quantas vezes tenho orado, agradecendo a Deus por você ter voltado para a minha vida. — Galen, com a mão livre, gentilmente limpou as lágrimas que começaram a cair como rios pelo meu rosto. — Por favor, me diga que vai passar o resto da sua vida comigo. Quero que seja minha esposa, Korinne. Quero te amar e só a você pelo resto da minha vida. — Ele deslizou o anel de diamante requintado no meu dedo e olhou com expectativa para os meus olhos. — Por favor, diga que vai se casar comigo.

Ele esperou pacientemente por uma resposta, mas minhas emoções me venceram e acabei pulando nele sobre o cobertor, gritando e rindo. Ele soltou uma gargalhada.

— Isso é um sim?

— Sim! — gritei. — Você está louco? Como eu poderia dizer não?

Ele me segurou pelos quadris quando montei em seu corpo, olhando-o.

— Você achou que eu iria negar?

SEGUNDA CHANCE PARA O AMOR

— Eu não sabia como você iria reagir — falou honestamente. — Mas sabia, anos atrás, que queria passar o resto da minha vida contigo. Quando você foi embora, mesmo assim, não perdi a esperança, nem mesmo quando descobri que se casou.

Curvando-me lentamente, eu o beijei longa e intensamente, uma necessidade urgente de reclamá-lo como meu ultrapassando os meus sentidos. Respirando pesadamente, eu me afastei do beijo e olhei para os olhos azuis cristalinos de Galen.

— Eu amo você, Galen — chorei. — E não quero nada mais do que ser sua esposa e fazê-lo feliz.

Seu sorriso desapareceu rapidamente quando ele prontamente passou os braços em torno das minhas costas, me puxando apertado contra ele. Seus lábios reivindicaram os meus, sua língua exigente quando ele entrou na minha boca, me saboreando como se não pudesse obter o suficiente. Ele deitou-me de costas suavemente, pressionando-me no cobertor macio e na extensão suave da grama verde. Abriu minhas pernas com o joelho e acomodou-se entre elas. Seu pau inchado estava duro e pronto, pressionado contra o meu núcleo.

— Quero fazer amor com você — Galen gemeu quando deu beijos ao longo do meu pescoço.

Suspirei de contentamento enquanto ele esfregava seu pau coberto duro e pulsante para cima e para baixo entre as minhas pernas, me excitando e me fazendo gritar de prazer.

— Então faça amor comigo. — Gemi em antecipação.

Eu não me importava se estávamos ao ar livre, eu precisava dele ali mesmo.

Galen rapidamente aceitou minha oferta, retirando minha camisa e sutiã em um único instante. No segundo em que saíram, ele pegou um mamilo em sua boca e chupou com força enquanto massageava o outro seio. Um formigamento se formou a partir de sua boca e língua devorando meus seios, e não demorou muito para a libertação me atingir forte e rápido. Galen deu uma risada sedutora e olhou para mim como se ele tivesse triunfado.

— Eu amo que possa fazer isso com você — brincou.

— Eu também — sussurrei sem fôlego.

Galen levantou-se e tirou a camisa, a calça e a boxer. Só de olhar para seu longo e rígido pênis fez-me doer por tê-lo empurrando e me enchendo. Impaciente, comecei a tirar minha calça, e Galen se inclinou para ajudar a removê-la. Abrindo as pernas, eu o convidei. Ele passou as mãos pelas minhas pernas e meu corpo até chegar aos meus seios. Galen se aproximou, até que a cabeça do seu pênis foi pressionada firmemente contra a minha abertura. Ele arrastou beijos ao longo do meu queixo, até meus seios, depois chupou suavemente um mamilo quando começou a empurrar lentamente em minha abertura. Arqueei as costas e gemi quando ele passou as mãos por todo o meu corpo enquanto bombeava para dentro de mim, preenchendo-me ao máximo.

— Droga, Korinne, você está tão molhada.

Eu adorava quando ele dizia coisas assim. Movendo os quadris com suas estocadas, envolvi minhas pernas em sua cintura e puxei-o mais apertado, desejando que ele empurrasse mais fundo. Seus movimentos se tornaram mais frenéticos e ele envolveu os braços apertados em volta do meu corpo, esmagando-me nele. O formigamento de outro orgasmo começou a se construir, até que eu sabia que estava prestes a esgotar meu corpo com o seu prazer. O pau duro de Galen me penetrou com necessidade e desejo, mas eu poderia dizer que ele estava perdendo o controle lentamente. Só quando o senti pulsando dentro de mim foi que deixei minha libertação vir. Cavalguei a onda de êxtase enquanto dava os últimos e finais impulsos. Seu corpo tensionou algumas vezes antes de ele relaxar e soltar um suspiro de satisfação. Respiramos rápido e estávamos escorregadios com o suor, ambos deitamos no cobertor, ainda juntos... em um.

Galen me beijou suavemente antes de tirar o pênis de mim e colocar seu corpo ao lado do meu.

— Acho que poderia me acostumar com isso. — Ele suspirou com a voz rouca, enquanto arrastava o dedo sobre a minha barriga nua.

— Eu poderia também — concordei. — Basta pensar que nós

vamos ser capazes de fazer isso todos os dias. — Olhei em volta para as montanhas que nos rodeavam, e não pude deixar de pensar como era puramente uma fatia do céu. — Só é uma vergonha que não possa ser sempre aqui neste local — eu disse.

As carícias do dedo de Galen pararam no meio do movimento, e olhei-o para ver um sorriso diabólico novamente. Sentando-se, ele pegou o cobertor para colocar em volta do meu corpo nu.

— O que você diria se pudéssemos fazê-lo aqui sempre?

Apertei os olhos para ele em questionamento.

— Não entendo. Do que você está falando?

Galen agarrou o projeto enrolado e colocou-o na minha frente.

— Eu quero que dê uma olhada nisso e me diga o que acha.

Olhei para o esboço, mas notei que ele ainda não estava terminado. O layout não estava nem perto de ser concluído.

— O que é isso, Galen?

Ele bateu o dedo na planta.

— Isso, meu amor, é a primeira fase de layout da *nossa* cabana.

— O quê?! — gritei animadamente, olhando-o com os olhos arregalados.

Ele soltou uma risada genuína.

— Você sempre quis viver aqui nas montanhas e ter sua própria cabana. Bem, este é o meu presente para você. Quero que me ajude a terminar a concepção da planta.

Ele se encolheu quando gritei e me joguei sobre ele no cobertor. Animada, eu não conseguia evitar o sorriso que tomou conta do meu rosto. Passei os braços em torno dele e segurei-o com força, enquanto a empolgação preenchia-me.

— Eu sabia que ficaria animada, mas não achei que ficaria *tão* animada — ele resmungou enquanto apertei-o com força.

— Você está de brincadeira? Eu poderia correr por aqui nua de tão animada.

Galen deu de ombros.

— Eu não vejo por que não. É a *nossa* terra de qualquer maneira, assim, pode fazer o que quiser aqui.

Se fiquei chocada antes, fiquei ainda mais agora. Meus olhos se arregalaram quando a compreensão do que ele disse me atingiu. Quantas surpresas mais ele ia me fazer?

— Esta terra é nossa? — perguntei, hipnotizada e incerta se tinha ouvido direito.

Poderia aquele belo lugar realmente ser meu? Minhas mãos começaram a tremer enquanto a emoção tomou conta do meu corpo. Galen pegou meu rosto entre as mãos e beijou-me suavemente para me acalmar.

Fechei os olhos, respirando fundo, e sussurrei:

— Isso é real? *Você* é mesmo real?

Seu peito retumbou com o riso quando ele inclinou meu rosto.

— Abra os olhos, amor.

Fiz o que ele disse e olhei-o.

— Esta é a vida que você sonhou e eu vou te dar.

Ele pegou minha mão e a beijou. Galen podia ser divertido, aventureiro e um macho alfa completo, mas também podia ser gentil e carinhoso. Eu adorava que ele pudesse ser todas essas coisas e também ter o maior coração que eu conhecia.

— Uma vez que acabarmos a planta, podemos começar a construir.

— Como vamos viver aqui com o nosso trabalho sendo principalmente em Charlotte?

— Bem... pode levar algum tempo antes que possamos viver aqui permanentemente, mas, pelo menos, vamos ter o nosso próprio refúgio longe da vida da cidade. Podemos vir aqui o quanto você quiser — ele emendou.

— Isso soa bem para mim. — Deitei no cobertor e uma onda de exaustão tomou conta de mim.

Galen riu quando reprimi um bocejo.

— Eu não sabia que estava te entediando — brincou.

SEGUNDA CHANCE PARA O AMOR

— Oh, cale a boca! Acho que toda a emoção está me desgastando, ou... poderiam ser todas aquelas noites longas — eu o repreendi com uma piscadela.

Galen colocou suas roupas e reuniu as minhas para me entregar.

— Que tal a gente ir para casa e passar a noite lá? Vou fazer o jantar e, em seguida, podemos assistir a um filme. Você pode até assistir ao seu favorito, se quiser.

— Isso seria maravilhoso, mas acho que você deve escolher o filme esta noite. Você tem me deixado escolher ultimamente.

— Eu tenho, não é? Bem, vista-se enquanto carrego a caminhonete e vamos embora.

Depois de me vestir e de a caminhonete ser carregada, dei uma última olhada no lugar que eu, em breve, seria capaz de chamar de minha casa. O anel no meu dedo brilhava sob o sol e, em seguida, a realização ocorreu-me. Um dia, logo mais, eu não seria mais Korinne Anders, mas... Korinne Matthews. Esse dia não poderia chegar rápido o suficiente.

Capítulo Dezesseis

Korinne
Alegria do casamento

Seis meses depois

— Bem-vindos de volta, pombinhos — Rebecca anunciou.

Galen e eu olhamos um para o outro e sorrimos. Nós tínhamos voltado da nossa lua de mel nas Ilhas Virgens dois dias antes, e agora estávamos de volta ao trabalho.

— É bom ver você, Rebecca — cumprimentei-a calorosamente. — Espero que tenha mantido todos na linha enquanto estivemos fora.

Dispensando-me, ela zombou.

— As pessoas aqui sabem que é melhor me ouvir. Você não tem nada com que se preocupar, *Sra. Matthews*.

Galen me puxou para perto e sussurrou no meu ouvido:

— Eu realmente adoro o som disso... *Sra. Matthews*.

Eu ri.

— Bem, acostume-se, porque vai ouvir muito.

— Como foi a lua de mel? O que fizeram? — Rebecca perguntou ansiosamente.

— Nós fomos mergulhar — Galen mencionou, lembrando-se.

— Ah, e não se esqueça da pesca em alto-mar — brinquei sarcasticamente.

Pela expressão no rosto de Galen, eu sabia que ele estava imaginando a maneira como eu estava no barco em sua cabeça. Tivemos que encurtar a viagem de pesca porque eu não podia aguentar mais.

Galen virou-se para Rebecca e riu.

— Sim, Korinne não conseguiu lidar com o oceano. A pobrezinha parecia verde o tempo todo, por isso tivemos que voltar para a costa para deixá-la.

— Sim, e eu me lembro de suas palavras precisas: "Olhe para o horizonte", você me dizia. Olhar para a merda do horizonte não me fez nem um pouco melhor! — rebati. — Nunca passei tão mal na minha vida! — Eu me virei para Rebecca. — Fora esse fiasco, tivemos ótimos momentos. Nós relaxamos na praia e comi toneladas e toneladas de comida. Eu fiquei enjoada algumas vezes, mas acho que foram as réplicas do barco. Não me senti bem desde então.

— Bem, estou feliz que vocês dois tiveram ótimos momentos. Ah, por falar nisso, o casamento foi lindo. Korinne, você estava incrível — ela mencionou docemente.

— Obrigada.

— Nunca tinha ido aos jardins antes, mas já vira várias fotos do lugar. As flores eram tão bonitas, e você nem sequer teve que comprá-las, uma vez que já estavam lá para a decoração, mas tudo o que posso dizer é que vocês dois estavam de tirar o fôlego. Acho que o jornal teve um trabalho de campo também — acrescentou Rebecca.

— Sim, vimos quando estávamos no aeroporto. Não sabia que eu era uma mercadoria tão quente por aqui — Galen brincou enquanto me cutucava no braço.

— Bem, não mais! Você é um homem casado agora. Aqui estão as suas mensagens da semana passada. Vocês têm um monte de atualizações a fazer.

Rebecca entregou-nos nossas mensagens e eu folheei as minhas. Parecia que eu tinha alguns novos clientes para ligar.

— Acho que precisamos começar a trabalhar — Galen disse com entusiasmo ao abrir a porta do escritório.

Eu nunca tinha visto ninguém mais arrebatado ou apaixonado por seu trabalho como Galen. Era difícil encontrar pessoas que realmente gostassem do que faziam.

— Concordo. Tenho um monte de pessoas para ligar — eu disse.

Finalizei todos os meus telefonemas até a hora do almoço. Eu mal conseguia manter os olhos abertos e, nas últimas duas horas, estive de olho no sofá do nosso escritório. Galen olhou para mim e disse:

— Eu tenho uma reunião de almoço, querida. Quer vir comigo?

Honestamente, eu não estava com fome naquele momento, mas um cochilo parecia apetitoso. Balançando a cabeça, caminhei até o sofá.

— Na verdade, acho que vou ficar aqui e tirar um cochilo. Sinto-me exausta — balbuciei cansada.

Coloquei a cabeça na almofada macia, e Galen veio se certificar de que estava tudo bem, com preocupação aparecendo em seu rosto bonito.

— Você vai ficar bem? Precisa que eu te leve para casa?

— Não, vá à sua reunião. Vou ficar bem quando tirar uma soneca — assegurei-lhe.

Galen não pareceu acreditar em mim, mas deixou passar. Eu estava tão grata por ele estar de volta na minha vida. Por isso, Jenna ainda levou todo o crédito para ficarmos juntos.

— Estarei de volta em duas horas — afirmou, roçando seus lábios na minha bochecha antes de sair do escritório silenciosamente.

Não demorou muito depois que ele saiu para que eu caísse em um sono profundo, lembrando-me de um dos melhores dias da minha vida.

— *Você está maravilhosa, amor* — *Galen sussurrou suavemente para mim enquanto dançávamos a nossa música no casamento.* — *Como é a sensação de ser a Sra. Galen Matthews agora?*

— *É uma sensação incrível* — *disse, completamente hipnotizada pelo homem que agora podia chamar de meu marido.* — *Eu nunca teria pensado que conhecê-lo na faculdade teria levado a este dia.*

— Foi o destino, Korinne. Não era para ser naquela época, mas é agora. Basta pensar em todas as coisas que vamos fazer juntos. Especialmente esta noite... — ele brincou, balançando as sobrancelhas. — Ah, sim, tenho algumas boas notícias.

— O quê? — perguntei animadamente.

— Acabamos de receber o aval para começar a construir nossa cabana. A espera finalmente acabou, então, quando voltarmos da nossa lua de mel, vou mandar as plantas aos construtores — revelou, feliz.

Animada, saltei em seus braços.

— Oh, meu Deus, Galen, está tudo vindo de uma vez tão perfeitamente.

Galen me abraçou forte e me beijou com ternura. Seus olhos azuis olhavam hipnotizantes para os meus, me fazendo derreter com seu olhar. Tinha a sensação de que seu olhar sempre me faria sentir assim, mesmo quando tivéssemos 80 anos. Ele sorriu para mim, mas, antes de nossa dança acabar, sussurrou em meu ouvido as palavras que nunca vou esquecer enquanto viver.

— Hoje, quando você disse "aceito", a minha vida finalmente pareceu completa. Temos a nossa segunda chance no amor, Korinne, e, deste dia em diante, você será sempre minha. Sempre e para sempre minha.

Mãos começaram a balançar meus ombros, que, por sua vez, me acordaram do meu glorioso sonho. Droga! Eu nem sequer cheguei ao sexo do casamento.

— Por que você parece tão decepcionada? — perguntou Galen, rindo.

Passando as mãos pelo meu cabelo, endireitei-me no sofá.

— Porque eu estava sonhando com o dia do nosso casamento e ainda não tinha chegado às partes boas.

Galen riu.

— Tenho certeza de que podemos recriar nossa noite de núpcias quando chegarmos em casa. Que tal irmos e pegarmos um jantar antes?

— Você não acabou de ter uma reunião de almoço?

Galen olhou para mim como se eu tivesse ficado louca, depois para o relógio.

— Humm... Korinne, isso foi há mais de quatro horas. Você ainda dormia quando voltei e eu não quis te acordar.

Esfreguei os olhos, desejando que eles não parecessem tão pesados.

— Oh, uau, comida parece ótimo. Não posso acreditar que dormi tanto. Não almoçar foi uma péssima ideia, porque agora estou morrendo de fome.

— Sushi soa bem? — Galen sugeriu com um brilho nos olhos.

Aquele olhar significava o que ele realmente queria.

— Parece ótimo — concordei.

Sushi soava muito bem naquele momento.

Capítulo Dezessete

Galen
Tragédia inesperada

— Ai, que merda! — Korinne gemeu.

Ela cambaleou para fora da cama e correu para o banheiro. Bateu a porta e eu podia ouvi-la vomitando no vaso sanitário. Ah, não! Esperava que ela não tivesse pego uma intoxicação alimentar do sushi. Nós comemos a mesma coisa, por isso, se era intoxicação alimentar, eu deveria estar sentindo os efeitos também, mas não estava.

— Amor, você está bem? — murmurei do lado de fora da porta.

— Sim — ela murmurou. Sua voz soava fraca e insegura.

— Você acha que foi o sushi, ou talvez uma virose ou algo assim?

— Não tenho certeza, mas tudo que sei é que me sinto terrível. Faz muito tempo que não me sinto tão mal.

— Vou pegar uma Coca-Cola e algumas bolachas, talvez isso melhore o seu estômago.

Quando voltei da cozinha, ela estava deitada de volta na cama. Usei minha mão livre para tocar sua testa e bochechas. Ela não estava febril e sua cor parecia normal, então provavelmente não era uma virose. Devia ter sido o sushi.

Ela olhou para mim com olhos tristes de cachorrinho.

— Isso é péssimo — ela choramingou.

— Eu sei que é, amor. Você só precisa descansar e ter calma. Já tive intoxicação alimentar e é realmente um saco. Se ainda estiver doente de manhã, vou ligar para seus clientes e remarcar suas reuniões. Tudo bem? — questionei suavemente.

Um discreto sorriso se espalhou por seu rosto, enquanto uma lágrima escapou do canto do olho. Antes que eu pudesse perguntar o que estava errado, ela falou:

— Por que você é tão incrível? Não entendo por que te deixei naquela época — ela murmurou fracamente.

Tirando seu cabelo do rosto, olhei em seus olhos cinzentos lindos com compreensão.

— Você tinha que fazê-lo, Kori, mas estamos aqui juntos agora e isso é tudo que importa.

Ela piscou lentamente e eu poderia dizer que estava prestes a cair no sono.

— Eu sei. Só quero que saiba que eu ainda pensava em você.

Seus olhos começaram a fechar, e foi apenas uma questão de segundos antes de ela estar dormindo. Puxei as cobertas confortavelmente em torno dela e a deixei descansar.

O telefone tocou no segundo em que fechei a porta do quarto, então corri para atender antes que acordasse Korinne.

— Alô — resmunguei, impaciente.

— Vejo que acordou do lado errado da cama — disse uma voz sarcástica.

Eu ri quando percebi que era Jenna. Sua risada detestável a entregou.

— Eu não, mas Korinne, sim — informei-lhe.

— Ela está bem? — perguntou Jenna com preocupação clara na voz. Ela era como uma mãe quando se tratava de Korinne.

— Acho que está com intoxicação alimentar, mas está dormindo agora. Se está ligando para falar com ela, posso avisar para te ligar quando acordar. Sei que ela vai estar morrendo de vontade de te contar tudo sobre a lua de mel.

Jenna engasgou com entusiasmo.

— Aposto que vocês tiveram momentos maravilhosos. Mal posso esperar para ouvir tudo.

— Você definitivamente vai dar boas gargalhadas de algumas coisas, tenho certeza. — Eu ri.

— Com vocês dois, não há como adivinhar que tipo de coisas malucas vou ouvir. A verdadeira razão por que estou ligando é para dizer-lhe que a pintura que pediu está pronta. Sei que demorou, e sinto muito, mas eu tinha um enorme pedido de uma galeria de Nova York. Eu não podia dizer não a isso.

— Que incrível! Parabéns por Nova York. Você não tem nada com que se preocupar. Realmente acho que a pintura seria o presente de aniversário perfeito. Ainda temos um *tempo* até lá, mas você se importa de guardá-la? Korinne tem o hábito de sempre encontrar coisas, e sei que vai encontrar a pintura se eu escondê-la aqui.

— Sem problema. Sei como Korinne é. Você se lembra de como tentamos fazer uma festa surpresa para ela uma vez e ela descobriu? Eu ainda não sei como — soltou.

— Nem eu. Devem ser suas habilidades de superdetetive. Juro que ela poderia ter sido uma investigadora particular perfeita — eu disse honestamente.

— Pois é! Ela sempre sabia quem estava fazendo o quê e quem estava traindo quem na faculdade. Mantém as coisas interessantes, é claro. Bem, acho que vou deixá-lo voltar para a nossa menina favorita. Avise que liguei e que estou pensando nela.

— Aviso, e diga ao seu marido inútil que eu disse oi.

— Pode deixar — brincou ela antes de desligar.

Eu mal podia esperar para ver a pintura que Jenna tinha feito para mim. Odiava ter que aguardar até o nosso aniversário, mas parecia apropriado fazê-lo dessa forma. Korinne ia amar o presente.

Ouvi a porta da garagem ser aberta antes que a visse.

— O que você está fazendo? — perguntou Korinne.

Demorou um segundo para ela entrar no meu campo de visão ao redor do carro. Seus olhos se arregalaram e sua risada imperou quando me viu coberto da cabeça aos pés com óleo e graxa.

— Uau. Você parece um pouco... hum... sujo. — Ela sorriu fracamente.

— Como está se sentindo? — questionei enquanto terminava de plugar com segurança a fiação do bujão de drenagem na minha moto. Trocar o óleo poderia ser um saco, mas sempre gostei de trabalhar em minhas motos.

Korinne agachou-se para olhar todas as ferramentas que eu tinha espalhado pelo chão.

— Estou melhor, mas ainda muito enjoada. — Seus olhos se desviaram para a moto, hesitante, antes de ela continuar a falar novamente. — Eu não sabia que você mexia em motocicletas. Quando começou a pilotar? Você não falou muito sobre isso desde que me disse que quebrou a perna esquiando na neve.

— Se não me engano, foi cerca de cinco anos atrás. A única hora que eu poderia relaxar e ficar longe da vida era quando estava pilotando. Quando meu pai morreu, saí por um tempo. Fui e não olhei para trás. — Fiz uma pausa para medir a reação dela, que me olhava com a boca aberta. — Por que parece tão chocada? — perguntei, rindo.

Korinne deu de ombros.

— Acho que é porque você parece tão invencível, como se nada pudesse te derrubar. Você não me parece do tipo que foge.

— É assim que eu aparento, Kori, mas, no fundo, me machuco como qualquer outra pessoa. Fui porque sabia que o peso da empresa ficaria em meus ombros. Era uma responsabilidade muito grande, então fiz uma mala e deixei a estrada me levar. Rodei por dias até saber que não poderia ficar fora por mais tempo. Minha mãe precisava de mim, assim como a empresa. Mesmo que eu ame o que faço, era bom ter essa liberdade e não pensar nos fardos que esperavam por mim aqui.

— Não posso acreditar que você nunca me disse nada sobre isso. Sei que doeu perdê-lo. Você costumava me contar tudo sobre suas viagens de pesca com ele quando era menino e como era divertido. Eu nunca fiz nada parecido com o meu pai, então, era bom te ouvir falar sobre ele. Pode falar comigo sobre qualquer coisa. Estamos casados, sabe? — A mágoa na voz de Korinne era aparente, então a puxei para mim mesmo que eu estivesse coberto de graxa.

— Não escondi isso de você de propósito, querida. Era uma parte da minha vida na qual deixei a dor assumir. A dor que causei à minha mãe com a fuga é algo que me arrependo todos os dias. Ela precisava de mim e eu fui embora.

— Sua mãe te adora. Tenho certeza de que ela entendeu a razão.

Eu a soltei, e ela me olhou com uma expressão triste no rosto.

— Ela continua perguntando quando vamos ter filhos. Eu não lhe disse ainda que provavelmente vamos ter que adotar.

— Tenho certeza de que ela vai ficar perfeitamente feliz com nossa escolha. Enquanto estivermos felizes, nada mais importa, certo?

— É isso mesmo — Korinne murmurou fracamente. Ela começou a balançar em seus pés, mas a peguei antes que tropeçasse. — Ufa... isso foi por um triz — ela engasgou.

— Amor, você está me assustando. Talvez precise ir ao médico. Você não está agindo normal.

— Não, estou bem, eu juro. É só que ainda não comi, mas estou muito enjoada para comer. Vou vomitar se comer. — Ela se inclinou contra mim, então passei os braços em volta da cintura dela e guiei-a para dentro.

— É muito importante que coma alguma coisa. Se não conseguir, precisa continuar bebendo líquidos. Deixe-me ver se tenho algum medicamento que vai ajudar, se não, vou comprar na farmácia.

Pegando Korinne, eu a levei para o quarto. Deitei-a na cama e puxei as cobertas sobre ela.

— Não aguento me sentir assim. Nunca mais vou comer sushi — ela gemeu. Korinne sorriu para mim, mas percebi que foi forçado.

Peguei uma Coca-Cola e algumas bolachas na mesa de cabeceira e entreguei a ela.

— Beba um pouco e, quando eu voltar da cozinha, quero que uma dessas bolachas tenha sido comida.

Korinne agarrou minha mão antes que eu pudesse ir.

— Obrigada por cuidar de mim.

Apertando sua mão, olhei para baixo, para as bolachas, e depois de volta para ela.

— Eu sempre vou cuidar de você, amor, mas estou falando sério. É melhor você ter comido uma dessas bolachas na hora que eu voltar.

— Sim, senhor — ela zombou.

Eu podia ouvi-la mastigando enquanto ia pelo corredor até a cozinha. Procurando nos armários, não consegui encontrar nada que acalmasse seu estômago. Normalmente, eu não tinha problemas com o meu, então era raro que mantivesse algo à mão para ele. Até o momento em que retornei para o quarto, Korinne já tinha comido três bolachas.

— Não há nenhuma medicação aqui para dor de estômago ou náuseas, então vou correr na farmácia. Eu pensei que tivesse.

— Galen, você não tem que fazer isso. Tenho certeza de que vou ficar bem em pouco tempo — ela me assegurou.

— Talvez — concordei. — Mas, caso contrário, quero ter algo que vá te ajudar. Não posso te deixar vomitando a noite toda, não é? Você pode arruinar os lençóis — acrescentei em tom de brincadeira.

Isto me rendeu um sorriso genuíno dela e um riso suave. Eu odiava vê-la tão fraca e doente.

— Tenha cuidado — ela disse quando me inclinei para beijar sua testa.

— Sempre, querida. Volto logo.

Ela suspirou.

— Estarei aqui.

Fechando a porta do quarto, voltei para a garagem. Aquele seria o momento perfeito para levar a moto para um último passeio. Eu não tinha mencionado a Korinne que planejava me livrar das minhas motos, mas tinha certeza de que ela ficaria extremamente feliz quando descobrisse. Eu não as pilotei mais, de qualquer maneira, e, agora que tinha Korinne, não acho que teria muito tempo para isso. O som da moto acelerando era um que eu certamente iria sentir faltar, junto com a liberdade de voar pela estrada. A adrenalina que tinha de pilotar trazia um tipo diferente de emoção que eu não seria capaz de obter em qualquer outra coisa. Segurança era a chave, então vesti minha jaqueta de couro, botas de motoqueiro, luvas e, claro, capacete. Pulando na moto, baixei a viseira e dirigi, descendo a estrada. As nuvens de chuva pareciam estar se movendo, mas parecia que eu ainda tinha um pouco mais de tempo antes que ela começasse a cair.

Quando cheguei à farmácia, todos os olhos se voltaram para mim. Eu ri comigo mesmo, sabendo muito bem que eu parecia um vagabundo em minhas roupas cobertas de graxa carregando meu capacete. Uma senhora realmente se afastou de mim enquanto eu estava na fila do balcão. Ela ergueu o nariz como se eu estivesse abaixo dela. Eu nunca poderia ficar perto de cadelas assim, ou de pessoas desse tipo. Ganhei muito dinheiro, mas nunca iria agir assim com outra pessoa. Eu estava tentado encostar de leve nela para ver se ela iria surtar, mas abstive-me, mesmo que pudesse ter sido engraçado demais.

Assim que saí da farmácia, a chuva começou a cair. Gemi em aborrecimento porque deveria ter pensado melhor antes de ir de moto quando parecia que choveria, mas não havia nada que eu pudesse fazer. Coloquei os remédios no compartimento do assento para mantê-los secos antes de dar a partida. A chuva caía mais pesado assim que segui meu caminho. Pareciam pequenas bolotas batendo em meu corpo. Meus instintos me diziam para encostar e esperar, mas meu coração estava me guiando na direção da casa para que pudesse levar os remédios para Korinne. A chuva tornou difícil ver, mas eu sabia que estava quase em casa. No segundo em que vi o carro aparecer na minha frente foi quando soube que nunca chegaria em casa. Pensamentos em Korinne passaram pela minha mente antes que o mundo se transformasse em cinza e, em seguida, desbotasse para preto...

Korinne
Dia infernal

Quando acordei do meu cochilo, pude ver através da janela que o sol estava se pondo. Olhando para o relógio, percebi que eram sete e meia. Como podia? Galen tinha saído havia horas e não o tinha ouvido entrar. *Que diabos*, pensei. Onde ele estava?

— Galen? — chamei, na esperança de que ele estivesse lá.

Não havia nenhum som vindo da casa que não fosse o tilintar da água, que estava pingando na torneira do banheiro. Quando não ouvi nenhuma resposta, tropecei para fora da cama, instável em um primeiro momento. Procurei pela casa, cômodo por cômodo. Os quartos estavam todos vazios, então fui para a cozinha e entrei na garagem. Todos os carros estavam lá, exceto a pavorosa moto na qual Galen estava trabalhando mais cedo. Meus instintos me diziam que algo estava errado. Correndo para o quarto, procurei freneticamente pelo meu telefone. Não era típico de Galen desaparecer assim. Ele teria me dito se fosse ficar fora tanto tempo. Pelo que me disse, ele só ia à farmácia pegar um remédio para a minha náusea. Meu celular estava sobre a cômoda, escondido atrás da lâmpada, e, quando o peguei, vi que a maldita coisa estava descarregada.

— Merda! — gritei.

E se Galen precisasse da minha ajuda e ali estava eu, dormindo a tarde inteira.

Peguei o carregador e liguei-o, na esperança de que houvesse uma mensagem de texto dele avisando que estava bem. Se não tivesse, eu ia telefonar e exigir saber onde ele estava. Eu não queria parecer agressiva ou superprotetora, mas ele tinha que saber que eu ficaria preocupada com coisas assim, especialmente depois de perder Carson. Antes que pudesse ligar o telefone, a campainha tocou. Eu ri, pensando que provavelmente era Galen trancado para fora da casa. Ele tinha uma tendência de perder suas chaves, e eu sempre era a pessoa que as encontrava. Quando abri a porta, fiquei chocada ao ver que não era Galen... mas Jenna.

— Oh, meu Deus! Twink, o que você está fazendo aqui? — eu disse, enquanto atirava meus braços em volta do seu pescoço.

Quando Jenna hesitou, eu me afastei para ver, não a felicidade em seu rosto, mas terror e confusão. Confusa e apavorada, afastei-me dela e perguntei, hesitante:

— Twink, o que foi? Por que você está assim?

Jenna engoliu em seco e seus olhos começaram a lacrimejar. Algo estava errado; eu podia sentir no meu sangue. Meu coração começou a bater rapidamente, enquanto a sensação de desgraça começou a tomar posse do meu peito, apertando-o, e tornando difícil respirar. O que aconteceu para fazer Jenna ficar assim e aparecer na minha porta?

— Tentei te ligar. — Jenna engasgou com um soluço. — Por que você não atendeu?

Fiquei ali, chocada por um segundo, mas então eu disse rapidamente:

— Eu estava doente e não me senti bem toda a noite e hoje. Meu celular descarregou em algum momento esta tarde enquanto eu estava dormindo. Posso dizer que algo está errado, Jenna, então você precisa me dizer, agora.

Dando um passo atrás, fiz um gesto para que ela entrasse. Ficando mais impaciente a cada segundo, olhei para ela, esperando a notícia que viria. A voz de Jenna estremeceu quando ela falou:

— Korinne, houve um acidente.

Pensamentos de Galen passaram pela minha mente e todas as possibilidades do que podia estar errado, nenhum dos quais era bom. Se ele não estava em casa, então onde estava? Sem saber o que fazer ou dizer, fiquei ali, imóvel, enquanto o tempo flutuou em câmera lenta, esperando que as palavras fatais deixassem a boca de Jenna.

— Galen sofreu um acidente — acrescentou.

Naquele instante, as pernas dobraram debaixo de mim e caí no chão. Eu sabia que algo estava errado, só sabia disso. Podia sentir no meu coração e alma que algo terrível tinha acontecido. Meu coração estava em agonia e eu não conseguia respirar. Isso não poderia estar acontecendo comigo novamente. O que fiz para merecer isso? Será que não sofri o bastante com Carson? Eu já o perdera, e agora algo de ruim tinha acontecido com Galen. Jenna caiu no chão comigo e me tomou em seus braços, me balançando e se esforçando para me acalmar. Nada iria me ajudar naquele momento.

— O que aconteceu? — chorei desesperadamente. — Ele foi buscar um remédio para náusea, mas, obviamente, nunca mais voltou. Por favor, me diga que ele está bem, Jenna. Eu tenho que saber que ele está bem! — gritei.

Jenna respirou fundo e segurou minhas mãos.

— Ele se envolveu em um acidente de moto, Ducky. Não vou mentir, ele não está bem. Quando descobrimos, tentei te ligar como louca, mas você não atendeu. Brady e eu fomos para lá assim que soubemos.

— Eu tenho que ir até ele AGORA! Não posso perdê-lo, você me ouviu? — demandei com força.

Jenna assentiu e começou a chorar enquanto fiquei de pé e corri para o nosso quarto para trocar de roupa rapidamente e pegar algumas coisas para levar ao hospital. Quando Jenna me viu chegando, pegou as chaves e começou a caminhar para fora da porta.

— Vamos, você pode me contar tudo no caminho — sugeri às pressas.

— O que você quer saber? — Jenna perguntou quando entrou no carro.

— Basta começar do início.

Talvez não tenha sido a melhor ideia ouvir todos os detalhes, mas eu tinha que saber o que esperar. Ela respirou fundo, soltando lentamente, antes de começar a explicar.

— De acordo com as testemunhas, um carro apareceu na frente de Galen, enquanto ele estava pilotando na estrada.

— Será que o imbecil não o viu? O que aconteceu com o outro motorista?

Minha garganta apertou-se e, com todas as emoções girando no meu corpo, eu não sabia o que deveria sentir. Tudo o que eu sabia era que a raiva era dominante naquele momento. Jenna encolheu os ombros.

— Não sei ao certo, mas acho que o motorista bebeu. Esperançosamente, vamos descobrir algo em breve. A polícia chegou e levou o motorista embora. Quando chegamos à cidade, ouvi tudo o que eu precisava e depois vim direto para cá. Brady e Elizabeth estão esperando por você no hospital.

Tensa no banco, eu sabia que a pior parte da notícia estava prestes a ser dita. Jenna deu uma rápida olhada para mim, mas depois voltou para a estrada. Suas mãos tremiam no volante e, quando vi a reação dela, meu mundo parou completamente. Ela estava com medo de me dizer.

— Oh, meu Deus — sussurrei. — Será que ele vai morrer, Jenna? Por favor, me diga que não é assim tão ruim.

Ela perdeu-se no momento e irrompeu em lágrimas.

— Eu não sei, Kori — disse, o som do medo evidente em sua voz. — Ele teve algumas lesões graves e não sabemos o resultado ainda. Antes de eu sair, eles estavam levando-o para fazer uma cirurgia de emergência.

Balançando a cabeça, me dobrei em desespero.

— Isto é tudo culpa minha. Ele não teria saído se não fosse por mim. — Jenna estava negando com a cabeça, mas eu sabia que era a verdade. — De que tipo de lesões estamos falando? — questionei.

— Não sei todos os termos médicos extravagantes utilizados, mas parece que ele sofreu um ferimento na cabeça moderado. O procedimento que eles estavam prestes a realizar era para ajudar a aliviar a pressão em torno do crânio e para remover os coágulos de sangue que se formaram. Isso foi tudo que ouvi antes de sair.

Lesões cerebrais não eram tratadas de forma leve, e havia tantas coisas que poderiam dar errado com inúmeras consequências. Ele poderia acordar e nem sequer saber quem diabos eu era. Eu só podia rezar para que isso não acontecesse.

— Você sabe as complicações de lesões na cabeça, certo?

— Eu sei, Ducky, e é aí que precisamos ter fé. Estarei bem ao seu lado o tempo todo — falou de todo o coração.

Ela apertou minha mão e segurou-a pelo resto da viagem. O hospital ficou finalmente à vista, e era o mesmo hospital onde meu Carson morreu, e no mesmo hospital onde meu Galen estava lutando pela vida.

Capítulo Dezenove

Korinne
O veredito

Mais uma vez, eu estava presa em um elevador que levou milhões de anos para chegar a algum lugar. Uma vez que Jenna estacionou o carro, corri para o hospital apenas para acabar retardada por aquela porcaria. Passeando ao redor dos limites da caixa de metal, Jenna suspirou.

— Chegamos, Kori, mas você precisa se acalmar. Não vai ajudar Galen sendo imprudente e frenética.

Parei o ritmo para olhar fixamente para as portas de metal brilhante. Eu conhecia aquele hospital como a palma da minha mão. Quando Carson trabalhou lá, fui visitá-lo muitas vezes e tinha chegado a conhecer a equipe também.

Quando as portas do elevador se abriram, vi Brady andando pelo corredor. Parecia que eu não era a única andando por ali. Jenna e eu corremos em direção a ele, apenas para ver seu rosto pálido e as bochechas coradas de lágrimas. Brady me abraçou e começou a chorar silenciosamente. Eu o segurei, soluçando com ele.

— Não sabíamos onde você estava. Tentamos te ligar até que Jenna decidiu que era o bastante e saiu para ir à sua procura.

— Eu estava em casa, dormindo. Estive doente e não tinha ideia do que estava acontecendo — chorei. — Meu celular estava descarregado quando levantei.

Brady me soltou e, em seguida, Elizabeth, mãe de Galen, me acolheu em seus braços.

— Oh, meu Deus, Korinne, estávamos tão preocupados com você. Não sabíamos onde estava ou de que outra forma entrar em contato com você que não fosse o seu celular. Nós até ligamos no fixo, mas ninguém atendeu. Eu estava me preparando para chamar a polícia! — a mãe de Galen gritou.

— Sinto muito se preocupei vocês. Há quanto tempo estão tentando me ligar?

Elizabeth me liberou para que eu pudesse olhar para todos eles.

Jenna foi a que respondeu:

— Por cerca de três horas. Por isso saí para encontrá-la.

— Por que não vamos sentar? — Elizabeth sugeriu, e nos levou para os assentos.

O ambiente em que estávamos era a sala de espera da UTI. Não havia ninguém por perto, somente nós quatro sentados ansiosamente à espera do veredito. O cheiro de antissépticos e alvejante fez cócegas no meu nariz e me deixou mais enjoada, mas era um cheiro ao qual me acostumei quando vinha visitar Carson.

— O médico deve voltar em breve para nos dar uma atualização. Jenna te falou sobre a cirurgia? — Elizabeth perguntou-me.

— Sim, ela me disse — murmurei.

A sala foi preenchida pelo silêncio, mas estávamos todos em nossas próprias fases de desespero para nos incomodarmos. Alguns minutos de espera se transformaram em horas. A náusea e a fadiga estavam de volta, então descansei minha cabeça nas mãos e tentei respirar profunda e tranquilamente. Não que isso fosse ajudar, mas eu tinha que tentar alguma coisa. Estava prestes a cair no sono quando ouvi alguém entrar na sala de espera. Depois de levantar a cabeça e esfregar os olhos, vi que era Jason Andrews, médico e amigo de Carson. Carson e eu costumávamos sair o tempo todo com Jason e sua namorada. Antes de eu ir morar com meus pais, ele se tornou um amigo muito próximo e estava lá para me apoiar quando Carson morreu. Ainda parecia o mesmo, com seu cabelo curto loiro e corpo magro, e o maior coração de um médico que já conheci. Ele olhou para todos nós com uma expressão sombria, mas, quando se concentrou em mim, seus olhos se arregalaram.

Enquanto eu caminhava em sua direção, ele abriu os braços e me puxou para um abraço.

— Korinne, sinto muito por tudo. Não é justo que tenha que passar por isso novamente.

Enterrei a cabeça em seu peito e comecei a chorar. Ele sabia como fiquei pelo acidente de Carson e agora estava vendo novamente.

— Como ele está, Jason? Não me esconda nada. Preciso saber o que está acontecendo — exigi com firmeza.

— Conte-nos tudo, Dr. Andrews — Elizabeth pediu.

Quando Jason me soltou, o olhar sombrio em seu rosto estava de volta. Ele olhou para cada um de nós antes de dar a notícia.

— A cirurgia correu bem. Aliviamos a pressão no crânio e retiramos os coágulos. Ele foi colocado em coma induzido, e vão mantê-lo inconsciente até que o inchaço desapareça. Também teve alguns ossos quebrados, principalmente no lado direito do corpo, por causa da força do impacto quando caiu. Tanto a perna quanto o braço direito estão engessados e ficarão assim por cerca de oito semanas, também vai precisar passar por fisioterapia após o processo de cura acontecer. Quando ele caiu sobre o lado direito do corpo, também sofreu uma quantidade moderada de arranhões na perna direita. Nós limpamos as feridas antes de colocar o gesso. Ele ficará com algumas cicatrizes.

Depois de ouvir todas as lesões de Galen, ficamos chocados, mas o que realmente me preocupou foi o ferimento na cabeça.

— Sei o que pode acontecer com essas lesões na cabeça, Jason — eu disse. — Você viu o dano, então, quais complicações acha que podemos esperar?

Carson costumava falar comigo sobre esse tipo de coisa o tempo todo. Eu sempre achei interessante e também assustador saber o que poderia acontecer com o corpo humano.

— As complicações mais comuns seriam a perda de memória

temporária, lesão cerebral leve, convulsões, e ele pode ter que aprender a andar de novo ou até mesmo falar. Não saberemos até que ele acorde. — Ele fez uma pausa e, quando pensei que não poderia haver mais más notícias, vi que estava muito enganada. — O traumatismo craniano do senhor Matthews é apenas um dos principais problemas — Jason disse, hesitante.

Fechei os olhos quando uma nova onda de raiva, tristeza e preocupação desabou sobre mim. As lágrimas vieram caindo, mas, antes que pudesse dizer qualquer coisa, a mãe de Galen perdeu o controle e levantou a voz com medo.

— O que mais está errado? — Elizabeth perguntou. — Por que não nos disse mais cedo?

Jason mostrou a sua compreensão e lidou com a questão amigavelmente.

— Senhora Matthews, não sabíamos na época — ele respondeu suavemente. — Fizemos as tomografias e descobrimos que houve dano interno, principalmente nos rins. Todo o resto parece apenas ferido, mas os rins foram muito danificados.

O mundo ao meu redor começou a girar e eu não podia aguentar mais. Sentindo como se fosse vomitar, desabei na cadeira atrás de mim.

— O que acontece agora? — perguntei.

Jenna tomou o assento ao meu lado e esfregou minhas costas suavemente.

Jason olhou para nós antes de responder à minha pergunta.

— Ele vai precisar de um transplante de rim. Com tanto dano, não acho que vão se curar.

Brady interrompeu.

— Você não tem listas de espera para esse tipo de coisa?

Todos nós olhamos para Brady e, em seguida, com expectativa para o médico, esperando que, desta vez, não fosse um desses casos. Eu tinha ouvido falar de pessoas sendo colocadas em listas, mas certamente isso não iria acontecer aqui. Eu só podia rezar para que não acontecesse.

— Há listas de espera para diferentes tipos de órgãos, mas vou ter que checar — Jason admitiu.

Uma ideia passou pela minha cabeça e, naquele instante, eu sabia o que tinha que fazer, e não ia pensar duas vezes.

— Pegue o meu — ofereci.

Todos se viraram para me olhar com expressões chocadas. Levantei-me e disse novamente.

— Eu quero que você pegue o meu. Dane-se a lista de espera e toda essa besteira. Quero que pegue um dos meus e dê a Galen. Lista de espera ou não, eu quero fazer isso — pedi com cada fibra do meu ser.

— Nós podemos fazer isso — Jason concordou. — Mas precisamos ter a certeza de que é compatível. Terá que tirar sangue e, se você for compatível, vamos precisar te preparar.

Balancei a cabeça, apesar de tudo isso não ser necessário, porque eu sabia que era compatível. A razão pela qual sabia que era porque vi o seu cartão de doador de sangue na carteira e era o mesmo que o meu. No entanto, o hospital tinha que fazer isso de qualquer maneira, e eu entendia.

— Vou pedir a uma das minhas enfermeiras para te levar em alguns minutos. O senhor Matthews irá para um quarto em breve e, em seguida, você pode visitá-lo, mas apenas duas pessoas ao mesmo tempo são permitidas.

Suspirei.

— Obrigada, Jason.

— Sim, obrigada, Dr. Andrews — Elizabeth chorou.

Jason deu um leve sorriso antes de se despedir. Virando-se para mim, Elizabeth me tomou em seus braços novamente.

— Korinne, não sei como lhe agradecer por fazer isso. Se eu fosse compatível, daria minha vida e ofereceria meus dois rins. — Elizabeth soluçou.

Afastando-me do abraço, as lágrimas começaram a fluir mais quando vi a mãe de Galen se despedaçar na minha frente. Chorando, eu disse:

— Sei que você daria, mas, se há uma maneira de eu salvá-lo, vou fazê-lo. Fiz um voto para ele, e vou mantê-lo não importa o que aconteça. Não posso perdê-lo como foi com Carson, não quando sei que posso ajudá-lo.

— Ele tem sorte de te ter. Sabe, ele costumava falar sobre você o tempo todo quando estavam na faculdade.

— Sério? — perguntei. — Ele nunca mencionou que falou com você sobre mim.

— Ah, sim — ela me disse. — Esse menino brilhava cada vez que falava sobre você. Nunca tinha falado de uma mulher como fez com você. — Isso me fez chorar ainda mais, então usei minhas mangas para enxugar as lágrimas. — Eu vejo o amor e devoção que ele tem por você toda vez que estão juntos. Ele sempre me deixou orgulhosa.

— Ele me contou sobre como saiu de moto depois que seu pai morreu. Ele sente pesar em seu coração até hoje.

— Ele deveria ter sabido que eu iria entender. Eu sentia falta dele e sabia que tinha que lidar com a dor do seu jeito. Todos nós lidamos com isso a nosso modo. Ele sentiu que tinha de ir, e eu respeito isso. Nunca fiquei chateada com ele por me deixar.

— Isso foi exatamente o que eu disse a ele que você diria.

Olhando para a porta da sala de espera, vi uma enfermeira vir em nossa direção. Ela era, provavelmente, quem ia levar o meu sangue para testes.

— Korinne? — a enfermeira chamou.

— Volto logo — eu disse, olhando para todos.

Segui a enfermeira para o laboratório no mesmo andar. Era o meu primeiro passo para salvar Galen. Logo ele estaria curado com um novo rim... meu rim.

Depois de o meu sangue ser tirado, voltei para a sala de espera. Jenna estava sentada lá, assistindo televisão sozinha. Quando me viu se aproximar, deu um tapinha na cadeira ao lado dela.

— Brady e sua mãe estão com Galen. Eles sabiam que você estava desesperada para vê-lo, mas não sabiam quanto tempo você demoraria, então foram lá primeiro — ela me informou.

— Entendo. Quero muito vê-lo, mas estou meio com medo do que vou ver — confessei.

Memórias do meu tempo no hospital com Carson vieram à tona e nunca pensei que estaria naquela situação novamente. Fiquei ao mesmo tempo irritada e triste. As emoções estavam em conflito em meu coração e, naquele momento, eu queria gritar pela indignação da injustiça de tudo. Continuei a dizer a mim mesma que não havia tempo para sentir tristeza. Tinha certeza de que chegaria a hora, mas não era aquela. Eu precisava ter fé, e a fé era o que me ajudaria a passar por isso.

— Korinne? — Jenna murmurou gentilmente.

Inclinando a cabeça para o lado, olhei-a e levantei a sobrancelha em questão.

— O que você está fazendo por Galen é incrível. Não há sacrifício maior do que colocar sua própria vida em risco pela pessoa que ama.

— Ele faria o mesmo por mim nesta situação. Devo-lhe tudo o que tenho. Ele não estaria aqui no hospital se não fosse por mim, e vou, com prazer, trabalhar pra caramba para fazer as pazes com ele pelo resto das nossas vidas — admiti de coração.

— Tenho certeza de que ele vai gostar de você estar em dívida com ele também. — Ela riu fracamente. — Como foi a retirada do seu sangue?

Coloquei a cabeça entre as mãos e gemi.

— Não muito bem, na verdade. Desmaiei depois que eles acabaram. Quando acordei, me fizeram beber um refrigerante e comer uma colher de pasta de amendoim.

Jenna estendeu a mão e tocou-me na testa.

— Isso não parece você. Nunca desmaia por nada. Não parece ter febre.

Sentando-me, coloquei a mão na garganta e esfreguei-a.

— Não, não aguento essa náusea. Nós comemos sushi na noite passada e acho que tive uma intoxicação alimentar.

— Você precisa descansar um pouco. Depois de visitar Galen, vou levá-la para casa para dormir um pouco. Vou ficar com você para me certificar de que está tudo bem.

— Não quero deixá-lo — reclamei.

— Você não tem escolha, Korinne. Primeiro, sabe que eles não permitem isso neste piso e, segundo, você está doente. Sem mencionar que precisa descansar antes da cirurgia. Você não vai fazer a Galen nenhum bem se morrer de exaustão — instruiu em sua voz maternal.

— Sim, eu *faria* a Galen algum bem se morresse — eu disse a ela com um sorriso no rosto. — Ele iria receber dois rins em vez de um.

Jenna suspirou e bateu no meu braço.

— Ducky, você é demais. Só você para dizer algo mórbido assim.

Forcei um sorriso, mas estava realmente falando sério.

— Há quanto tempo Brady e Elizabeth estão com Galen? Eu realmente quero vê-lo — perguntei enquanto balançava a perna, impaciente. — Se eu não o vir logo, vou ficar louca.

Jenna olhou para o relógio e franziu a testa.

— Há quase uma hora. Já devem estar saindo.

Eu sabia que não deveria dizer nada, e sabia que eles eram sua família, mas queria que eles se apressassem. Eu odiava me sentir egoísta, mas precisava vê-lo. A paciência não era uma virtude minha. Mesmo que Galen não soubesse que eu estava lá, ainda queria falar com ele e dizer-lhe o quanto eu sentia.

— Eles estão vindo, Ducky — Jenna disse suavemente.

Olhei para cima para ver Brady praticamente carregando sua mãe pelo corredor. Jenna e eu corremos para eles, com medo de que algo estivesse errado.

— Está tudo bem? — perguntei.

A condição de Elizabeth me aterrorizou. Ela estava chorando e não conseguia formar as palavras para falar.

— Está tudo bem — Brady afirmou. — É só que... foi difícil vê-lo assim. Você precisa de mim ou de Jenna com você lá?

Balancei a cabeça, tentando, desesperadamente, ser forte. O colapso estava prestes a vir, mas eu não o queria.

— Não, vou ficar bem. Quero ficar sozinha com ele — garanti a eles.

Brady beijou Jenna na bochecha e disse a ela:

— Vou levar minha mãe para casa e ficar com ela esta noite. Não posso deixá-la sozinha.

— Ok — Jenna respondeu tristemente. — Vou ficar com Korinne esta noite também.

Brady beijou-a mais uma vez antes de me abordar novamente.

— Ele está no quarto 1065. Vou te avisar, não é bonito.

— Eu sei, Brady — chorei. — Vou ficar bem. Cuide da sua mãe e vamos nos ver amanhã.

As lágrimas começaram a cair de novo, e não havia nada que eu pudesse fazer sobre isso. Perguntei-me se alguma vez houve um momento em que uma pessoa não pudesse chorar mais. Eu achava que estava ficando muito perto desse ponto. Brady e Elizabeth se dirigiram para os elevadores enquanto andei pelo corredor. Parando no meio do caminho, olhei de volta para Jenna uma última vez antes de virar a esquina. Ela sorriu para mim de forma tranquilizadora e me fez sinal para ir adiante. Os números nas portas ficavam cada vez mais perto do 1065 quanto mais longe eu ia. Meu batimento cardíaco estava tão alto que eu podia ouvi-lo e senti-lo batendo em meus ouvidos. Uma vez que cheguei ao quarto 1065, eu estava congelada do lado de fora da porta.

— Eu posso fazer isso — disse a mim mesma.

Antes de alcançar a maçaneta, enxuguei as lágrimas e respirei fundo. O quarto estava tranquilo, exceto pelos bipes dos monitores. A cortina foi puxada do outro lado da cama, e a única coisa que eu podia ver eram os pés de Galen, um deles em um gesso.

Caminhei lentamente em torno da cortina até que tivesse a visão completa do homem que eu amava. Ofegando em voz alta, joguei as mãos sobre minha boca para segurar o grito que eu estava morrendo de vontade de soltar. Um soluço cortado escapou dos meus lábios e eu estava consumida com o terror do que Galen deve ter passado. Minha alma estava em agonia. Eu não poderia começar a imaginar a dor que ele deve ter sentido, para não mencionar a dor que iria sentir quando acordasse. Sua perna direita estava engessada, assim como o braço direito. Parecia uma múmia envolta em uma gaze branca diáfana. As únicas coisas que apareciam no rosto eram os olhos fechados, o nariz e a boca. Havia hematomas em torno das linhas do seu rosto e também um pouco de inchaço. Os tubos estavam em todos os lugares, entrando e saindo de diferentes lugares do corpo. Eu entenderia completamente se ele me odiasse depois disso. Sabia que *eu* iria me odiar.

— Galen — sussurrei, aproximando-me da cama.

Peguei sua mão levemente, que também estava envolta em gaze. Eu queria poder sentir a suavidade da sua pele, mas sabia que não era possível.

— Sinto muito — chorei. — Por favor, me perdoe... Oh, meu Deus, Galen por favor, me perdoe.

Fiquei esperando que ele respondesse, mas ele ficou lá congelado enquanto eu derramava meu coração. Ele não podia ouvir, pensar ou me ver naquele momento, e me matava saber que, quando acordasse, não havia como dizer o que ia estar errado.

— Você não pode me deixar, Galen. Me ouviu? Não vou te deixar, então faça-nos um favor e lute. Vou lutar por você, mas preciso da sua ajuda.

Soltei sua mão e puxei uma cadeira para que pudesse estar perto da sua cabeça. Enxugando as lágrimas com raiva, sentei lá e chorei por não sei quanto tempo. Por que isso não poderia ser só um sonho ruim e, quando acordasse, Galen estaria ao meu lado?

— Preciso que volte para mim, Galen. Temos muito para viver. Temos nossa cabana que precisa ser terminada. Precisamos ter uma família...

Engasguei com um soluço e minha garganta começou a apertar.

Não sendo capaz de ficar parada, levantei e inclinei-me para que pudesse ver seu rosto melhor e mais claro. Dando um beijo suave nos lábios, eu silenciosamente desejei que fosse o suficiente para acordá-lo. Isso com certeza não era um conto de fadas, assim, pensamento positivo não funcionaria, mas pensei em tentar, de qualquer maneira. Passei os dedos levemente por seu rosto apenas para ser capaz de senti-lo.

— Você pode imaginar-nos juntos até ficarmos velhos e grisalhos? Posso nos ver com 80 anos, sentados na varanda da frente da nossa cabana, bebendo *Moonshine* ou algo louco assim. Imagine tudo que vamos fazer e compartilhar juntos. Não aguento mais perder as pessoas. Você me prometeu que estaria sempre aqui para mim, por isso, esta sou eu pedindo para você manter essa promessa, Galen.

Meu coração parecia que tinha sido rasgado em dois. Por que era tão difícil manter-me forte? Deitei a cabeça na cama e fechei os olhos, encharcando os lençóis de lágrimas.

— Ducky — Jenna sussurrou. Com o canto do olho, vi sua forma embaçada na porta. — Você está bem?

— Não — respondi com sinceridade. — Meu corpo inteiro está exausto. Minha garganta dói pelo esforço de chorar, para não mencionar que parece que uma faca foi enfiada no meu coração.

— Eu sei, mas é hora de ir — Jenna gaguejou com hesitação em sua voz. — O horário de visita está quase no fim.

— Droga! — sibilei. — E se algo acontecer e eu não estiver aqui? — Senti como se estivesse perto de um ataque de pânico, uma bomba-relógio prestes a explodir. — Eu não quero deixá-lo — chorei.

— Eu sei — ela disse para mim. — Mas, lembre-se, você precisa descansar. Você tem dois minutos, Ducky. Estarei esperando do lado de fora.

Ela fechou a porta suavemente e era hora de dizer adeus... por enquanto. Antes de beijá-lo novamente, eu me inclinei e sussurrei em seus lábios:

— Você entrou na minha vida e me salvou. Agora é a minha vez de te salvar. Eu vou voltar, meu amor. Não será capaz de se livrar de mim facilmente depois disso.

    Eu o beijei suavemente e foi preciso toda a minha força para me afastar dele. Uma vez que abri a porta e fechei-a, respirei fundo e irregularmente. Jenna estava lá, encostada na parede e esperando pacientemente por mim.

    — Você precisa ligar e avisar seus pais? — perguntou ela.

    — Farei isso na parte da manhã. Agora não consigo me concentrar em outra coisa senão Galen.

    — Ok, vamos para casa, então.

    Suspirando, Jenna colocou o braço em volta do meu ombro e me levou para o corredor. Como eu poderia ir para casa e descansar, enquanto ele estava lá? Aquela noite e todas as noites até que ele melhorasse seriam um inferno para mim.

Capítulo Vinte

Korinne

Más notícias primeiro

— Você não acha que é muito cedo para ligar? — Jenna murmurou.

Estávamos a caminho do hospital e meus nervos estavam à flor da pele. Eu estava muito enjoada e, com a cirurgia chegando, não podia comer ou beber qualquer coisa para ajudar a acalmar o estômago. Quando aquela intoxicação alimentar maldita ia desaparecer?

— É cedo, mas preciso que eles saibam o que está acontecendo antes de eu ser operada. Eles ficariam chateados comigo se passasse por tudo e não lhes dissesse — respondi.

Jenna concordou.

— É verdade.

Ligar para os meus pais tão cedo iria aterrorizá-los. Minha mãe esperava sempre uma má notícia quando as ligações ocorriam no meio da noite ou muito cedo. Acho que eu ia ajudar a provar essa teoria.

O telefone tocou várias vezes até que ouvi a voz frenética da minha mãe. Ela sabia que era eu ligando.

— Kori, você está bem?

— Não, eu não estou — falei, sufocando com as palavras. — Algo ruim aconteceu com Galen.

Minha mãe engasgou e eu podia ouvir meu pai chamando a atenção no fundo.

— Oh, querida, o que aconteceu? Ele está bem? — ela perguntou, hesitante, a preocupação visível em suas palavras.

Ela provavelmente estava com medo de como eu lidaria com isso, com medo de que eu voltasse a ficar como foi com Carson. As lágrimas abriram caminho, fazendo meus olhos doerem e queimarem com todo o choro excessivo.

— Ele não está indo muito bem, mãe. Galen se envolveu em um acidente de moto, e agora está em coma, com insuficiência renal e lesão cerebral — chorei. Fiz uma pausa e respirei fundo antes de dizer a ela meu plano. — Eu vou dar-lhe um dos meus rins, mãe.

Eu me encolhi, esperando ouvir o que ela tinha a dizer sobre isso, mas a linha ficou em silêncio. Meus pais adoravam Galen, mas eu sabia que a sua principal preocupação era com o meu bem-estar. Não importava o que eles dissessem, esta decisão era minha e, se tivesse que arriscar minha vida, então que assim fosse. Jenna olhou para mim e ergueu as sobrancelhas em questão. A linha ainda estava muda, então dei de ombros e falei sem som as palavras "eu não sei" para ela.

— Mãe? — chamei timidamente. — Você pode dizer alguma coisa, por favor?

Sua voz soou trêmula quando ela voltou à linha.

— Não sei o que dizer, Kori. Estou apenas preocupada com você.

— Eu sei, mas é algo que tenho que fazer — respondi com firmeza.

Minha mãe suspirou.

— Então vou estar aí para te apoiar. Eu faria a mesma coisa pelo seu pai se ele estivesse nessa situação. Chegaremos aí em cerca de quatro horas. Vamos fazer as malas rápido e iremos.

— Mãe, você não tem que vir por mim. Vou ficar bem, prometo — tranquilizei-a. — Por mais que eu gostaria de vê-la, não posso esperar que largue tudo e venha para cá.

— Chega desse absurdo, Kori. Você é minha filha e estarei ao seu lado. Sabe que horas vai ser sua cirurgia?

— Não tenho certeza. Jenna e eu estamos indo para o hospital agora.

Eles testaram meu sangue ontem à noite, mas me queriam preparada caso fizessem a cirurgia esta manhã — expliquei. — A lesão na cabeça é o que me preocupa. Ele está em coma e não sabemos se vai acordar. Eu tenho que acreditar que vai.

— Ele vai, querida. Como poderia não acordar quando você está esperando por ele? Ele é um lutador. Eu posso não ter tido a oportunidade de estar muito perto dele, mas ele vai lutar contra tudo e qualquer um para ser capaz de estar ao seu lado. Eu podia ver em seu rosto quando ele olhava para você.

— Isso é tão estranho. A mãe de Galen disse quase exatamente a mesma coisa para mim ontem.

— Ela é uma mulher inteligente, então — minha mãe observou. — Seu pai já está de pé e fazendo as malas, então vou começar a fazer também e te vejo em poucas horas.

— Ok, mãe — chorei. — Eu te amo.

— E eu te amo, ursinha.

Finalizamos a chamada e, antes que pudesse colocar o telefone de volta na bolsa, outra chamada começou. Quem estaria me ligando no início da manhã?

— Quem está te ligando agora? — perguntou Jenna.

Olhando para a tela, não reconheci o número, mas parecia que podia ser um número do hospital. O pavor se instalou na boca do meu estômago.

— É do hospital — eu lhe disse.

O medo me deixou assustada para atender. E se fosse a notícia de que Galen tinha piorado?

— Atenda, Kori — Jenna mandou. — Precisamos saber o que está acontecendo.

Respirando fundo, pressionei o botão para atender a chamada.

— Alô — falei, hesitante.

— Korinne?

Levou-me apenas um segundo para reconhecer a voz como sendo

de Jason Andrews.

— Bom dia, Jason. Por favor, diga-me que Galen está bem — disparei.

— Sim, ele está bem — Jason respondeu. — Mas não é sobre isso que eu preciso falar. Quando você vai chegar no hospital?

— Estou quase chegando.

— Bom, preciso te ver quando você chegar aqui. Importa-se de vir ao meu consultório assim que entrar? — Jason insistiu.

— Claro que vou. Está tudo bem? Meu resultado do exame de sangue chegou?

— Sim, e é por isso que preciso falar com você. Te vejo em alguns minutos — ele disse rapidamente antes de desligar.

Isto não pode ser bom, pensei. Por que ele estava tentando desligar o telefone tão rápido? Sua pressa só poderia significar uma coisa: más notícias.

— O que ele queria? — perguntou Jenna, preocupada.

— Não sei exatamente, mas não parece bom.

— Você quer que eu vá com você? Posso ser seu apoio moral — Jenna ofereceu.

Nós estávamos do lado de fora da porta de Jason, e eu estava coberta de suor, enquanto meu coração batia freneticamente. Apoio moral era definitivamente o que eu precisava.

— Eu gostaria disso — concordei.

Bati na porta duas vezes, e quase imediatamente depois ouvi a voz de Jason dizendo-nos para entrar. Colocando a cabeça no vão da porta, eu o vi sentado à mesa com um arquivo na frente dele. Eu só podia supor que era meu. Jenna e eu entramos quando Jason fez um gesto para nos sentarmos.

— Bom dia, senhoras.

Eu sabia que ele estava nervoso pelo tom de sua voz, o que só aumentou meu nervosismo ainda mais.

— Bom dia — Jenna e eu falamos juntas.

Erguendo o olhar do arquivo, Jason apertou as mãos.

— Korinne, não sei por onde começar. Se fôssemos desconhecidos, seria muito mais fácil falar, mas nunca é fácil quando você está conectado pessoalmente com alguém.

— Apenas me diga o que está errado — pedi desesperadamente.

— Sei que eu e Galen somos compatíveis, então não pode ser isso. O que mais poderia ser?

— Você quer a boa ou a má notícia primeiro?

Apertei os olhos para ele, completamente confusa por haver uma boa notícia.

— Pela pressa com que você me queria aqui, não achei que haveria *uma* boa notícia — presumi.

Jason soltou as mãos e começou a se atrapalhar com os papéis do arquivo.

— Sinto muito por isso, mas você precisava saber o que estava acontecendo. Então, qual será, Korinne? A boa ou a má?

— Dê-me a má notícia, Jason. Dessa forma, a última coisa em minha mente será a boa — murmurei, cansada.

Ele hesitou, mas me olhou diretamente nos olhos quando as palavras saíram de sua boca.

— Sinto muito em dizer isso, mas você não será capaz de dar a Galen um de seus rins.

— *O quê?!* — gritei, levantando abruptamente da cadeira.

Se eu achava que não podia mais chorar, estava muito enganada. As lágrimas que estavam agora fluindo pelo meu rosto eram de raiva e desespero. Eu sabia que ia ouvir más notícias, mas não estava esperando por isso. E se Galen fosse colocado em uma lista de espera e morresse porque não conseguiu um rim rápido o suficiente? Isso era algo com que eu não poderia viver.

— Calma, Ducky — disse Jenna.

Ela pegou minha mão e puxou-a para me sentar. Olhei para ela, que me deu um sorriso tranquilizador e apontou para a cadeira.

Eu bufei, irada, porque nada parecia estar indo bem para mim.

— Sinto muito. Eu não queria gritar com você — me desculpei com Jason. — É só que eu não entendo. Sei que somos compatíveis.

— E você é — ele concordou. — Mas há algo que encontramos em seu sangue que nos impede de pegar o seu rim.

— Isso ainda é considerado a má notícia? — perguntei. — Porque nada neste momento vai ser considerado bom para mim.

Fui pega de surpresa quando Jason realmente olhou para mim e sorriu. Como ele poderia estar sorrindo em um momento como aquele?

— Acho que você pode discordar depois de ouvir *tudo* o que tenho a dizer.

— O que diabos está acontecendo? Por que você está sorrindo? — exigi, olhando dele para Jenna, totalmente confusa.

Meu coração estava batendo acelerado e minha visão começou a ficar embaçada pela tontura. Agarrando os braços da cadeira, esperei ansiosamente para ouvir o que Jason tinha a me dizer.

— Korinne — ele começou e parou. Respirou fundo antes de continuar. — Você está grávida.

Essas três últimas palavras foram tudo o que ouvi antes que o mundo ficasse em silêncio.

Capítulo Vinte e Um

Korinne
Bebê milagroso

— Korinne, acorde. — A voz soou tão longe, mas perto ao mesmo tempo. Algo frio tocou minha testa e eu vacilei. No momento em que o fiz, a dor passou pelo meu corpo.

— Ai — gemi.

Minha língua parecia pesada e espessa, e havia um lugar na minha testa de onde o pulsar terrível estava vindo. Quando o toquei, notei que havia um galo que não estava lá antes. Eu podia sentir o mundo girando em torno de mim e não tinha sequer aberto os olhos ainda.

— Abra os olhos, ursinha — uma voz disse suavemente no meu ouvido.

— Mamãe?

— Sim, sou eu.

Abri os olhos e vi que minha mãe e meu pai estavam ao lado da cama. Olhando ao redor do quarto, eu não tinha ideia de como cheguei a uma cama de hospital.

— O que aconteceu?

Minha mãe e meu pai olharam um para o outro, depois de volta para mim. Meu pai foi quem falou.

— Aparentemente, você levou um tombo desagradável e bateu a cabeça na mesa do Dr. Andrews. Ficou desmaiada por cinco horas.

Levou apenas um segundo para lembrar por que eu tinha desmaiado. Passando a mão sobre a barriga, meus olhos se arregalaram. Meus pais sorriram quando os olhei de volta com os olhos cheios de lágrimas.

— Vocês dois sabem?

Minha mãe assentiu com entusiasmo e gritou:

— Sim, nós sabemos. Jenna decidiu contar ao mundo inteiro, porque ela estava muito feliz. Assim que chegamos, ela nos disse. Ficamos em êxtase quando descobrimos que seríamos avós.

Ver meus pais sorrindo realmente me fez feliz por um segundo, mas depois lembrei-me da má notícia que Jason tinha me dado.

— Eles não podem tirar meu rim — eu disse aos meus pais ansiosamente. — Precisamos arranjar um rim para Galen. Vocês sabem se eles conseguiram ou se ele foi colocado na lista de espera?

— Não sabemos, meu amor, não ouvimos nada ainda, mas você precisa se acalmar e relaxar. Você tem alguém para pensar agora também — meu pai enfatizou, olhando para minha barriga.

Minha mãe tirou o cabelo da minha testa e sorriu.

— Os médicos querem fazer um ultrassom para se certificarem de que o bebê está bem. Eles estavam esperando você acordar.

— Quando vão me deixar sair daqui? Quero ver Galen.

— Impaciente como sempre, não é, Ducky? — Jenna anunciou, entrando pela porta com Brady e Elizabeth atrás dela.

— Só quero ver o meu marido — rebati com impaciência.

— Vejo que meu irmão te emprenhou. Acredito que felicitações sinceras estão na ordem do dia. — Brady riu.

Fiquei surpresa por sua brincadeira, mas Elizabeth invadiu o local e assumiu.

— Brady, silêncio! Foi realmente desnecessário dizer isso assim. Acho que você e Jenna também precisam se ocupar para me dar mais netos. — Ela veio até mim e me beijou na testa. — Galen vai ficar tão feliz quando descobrir sobre o bebê. Parabéns, minha querida. Por que não me disse que não sabia se poderia ter filhos ou não? Eu não teria insistido tanto.

Meus olhos foram para Jenna e ela os evitou timidamente.

— Não era algo que eu gostava de discutir — informei a ela. — Jenna, você está uma reveladora de segredos hoje, hein?

— Eu estava animada — ela admitiu. — Te conhecendo, você ia ficar desmaiada para sempre e eu não podia esperar para compartilhar a boa notícia. Foi uma bênção nesta situação trágica. Todo mundo precisava ouvir algo bom.

Ouvi-la dizer isso assim não pareceu tão ruim. Tudo parecia surreal. Eu não podia acreditar que havia realmente uma vida crescendo dentro de mim, mas o que fez meu coração doer foi que meu filho podia nunca chegar a conhecer o pai.

— Há alguma notícia sobre o rim para Galen? Sei que estão todos felizes por mim e pelo bebê, mas acho que precisamos nos concentrar em cuidar de Galen — salientei para eles.

Jenna veio até a cama e sacudiu a cabeça, sorrindo o tempo todo.

— Bem, Ducky, se você não tivesse desmaiado, teria ouvido o resto da boa notícia que Jason queria contar. No entanto, é uma notícia agridoce. — Estreitei meus olhos em questionamento e ela continuou: — A boa notícia é que eles encontraram um rim para Galen.

Gritei de alegria quando a felicidade floresceu com cada fibra do meu ser.

— Essas são ótimas notícias! Ele não terá que ser colocado na lista de espera? — perguntei, olhando para todos. Todos pareciam felizes, mas havia uma tristeza no ar que eu não poderia identificar. — Pelo olhar no rosto de vocês, acho que é onde você me diz a parte "amarga".

Baixando os olhos, Jenna assentiu.

— Sim. Aparentemente, Galen *seria* colocado em uma lista de espera, mas algo deve ter mudado, porque agora ele está pronto para ir.

— O que aconteceu? — perguntei, curiosa.

Jenna encolheu os ombros.

SEGUNDA CHANCE PARA O AMOR

— Dr. Andrews não disse especificamente, mas eles terão tudo arrumado e pronto pela manhã. Agora tudo o que temos a fazer é esperar que Galen acorde do coma.

Os sorrisos ao redor da sala lentamente diminuíram porque, com essa admissão, ainda veio a constatação de que a pior parte ainda não havia terminado. Mesmo que ele conseguisse um rim, ainda tinha que acordar do coma. Levantei meu queixo e anunciei a todos eles.

— Ele *vai* acordar. Descobrir que estou grávida, quando me disseram que eu provavelmente não teria filhos, é um sinal. Um sinal de que milagres podem acontecer. Galen é forte, e eu não tenho nenhuma dúvida de que ele vai sair dessa.

Seus sorrisos voltaram e senti uma nova onda de esperança no quarto. Tudo ia ficar bem.

— Você está pronta para ver seu pequenino? — perguntou a enfermeira.

— Mais do que qualquer coisa — respondi, nervosa.

Minha mãe, Jenna e Elizabeth estavam no quarto comigo. Quando a enfermeira veio me buscar, todas gritaram e pediram para ir também. Eu não podia negar.

— Isso é tão emocionante — Jenna gritou, saltando.

Eu ri para ela e virei-me para a enfermeira, que estava colocando lubrificante em algo que parecia um pênis gigante. *Ótimo*, pensei sarcasticamente. Eu não sabia que ia fazer um ultrassom transvaginal.

— Opa! — Jenna exclamou, olhando para todos e, em seguida, de volta para a vara na mão da enfermeira. — Acho que não precisamos dizer a Galen que sua esposa foi cutucada enquanto ele esteve fora, não é?

Elizabeth e minha mãe caíram na risada enquanto eu escondi meu rosto de vergonha. Só minha amiga para dizer algo assim. A enfermeira riu e disse:

— Confie em mim, não acho que o Sr. Matthews se oporia, já que vamos estar vendo seu filho com ele.

Todas rimos, mas então todo mundo ficou em silêncio quando era hora de ver como o meu pequeno parecia. Mantive os olhos no monitor, ansiosa para ver o quanto o bebê era grande e ter uma ideia de quanto tempo eu estava. Eu não tinha ideia, mas acho que sabia, porque estive doente nas últimas semanas.

A enfermeira aumentou o volume do monitor e, assim que ouvi a batida do coração do meu bebê, vi claramente o pequeno amendoim na tela. Explodi em lágrimas assim que todas na sala engasgaram e começaram a chorar também.

— Olhe para a minha menina — sussurrei.

— Como você sabe que é uma menina? — minha mãe entrou na conversa.

Sorrindo para a tela, dei de ombros.

— Eu não sei. Eu só sei. — Olhei para a enfermeira e perguntei: — Existe alguma maneira de descobrir agora ou é cedo demais?

— Ainda é muito cedo. Parece que você está com cerca de oito semanas de gravidez. Em mais dez semanas, ou algo assim, você pode descobrir. Se quiser algumas boas recomendações de excelentes obstetras, posso te dar uma lista. Você vai precisar começar a tomar vitaminas pré-natais e certificar-se de que se cuide e, definitivamente, sem estresse extra.

— Entendo completamente.

— Vou imprimir algumas fotos, para que possa mostrar ao seu marido quando ele acordar — a enfermeira falou.

Eu sorri.

— Isso seria bom.

Tinha chegado o momento da cirurgia de Galen. Mandei meus pais para casa porque *sabia* que as coisas correriam bem. Isso, e também porque sabia que meu pai tinha que voltar ao trabalho. Eu não queria que ele perdesse o emprego por minha causa, mesmo que soubesse que ele teria ficado para se certificar de que estava tudo bem. Demorou um pouco para convencê-los, mas finalmente consegui que voltassem para Charleston. Brady e Elizabeth tiveram a sua vez para ver Galen em primeiro lugar e passaram um tempo com ele antes da cirurgia. Eu queria falar com ele por último para que pudesse passar mais tempo. Enquanto a família de Galen o visitava, aproveitei para ligar para Rebecca. Brady tinha ligado anteriormente e disse-lhe tudo sobre o acidente. Eu não tinha falado com ela, então não tinha ideia do que estava acontecendo no trabalho ou se houvera quaisquer problemas, e tenho certeza de que ela estava morrendo de vontade de falar comigo.

Discando o número do escritório, esperei-a atender.

— M&M Construção e Design — Rebecca anunciou.

Partiu meu coração ouvir a voz dela. Ela não soava com sua habitual tagarelice, mas como alguém que estava triste e preocupado.

Minha voz tremeu quando falei.

— Rebecca, é Korinne.

Devo tê-la pego de surpresa, porque ela se atrapalhou com o telefone.

— Meu Deus, Korinne. Como você está? Como está Galen? Por favor, me diga que está tudo bem. Eu estava morrendo para falar com você — disse ansiosamente.

— Me desculpe por não ter ligado, mas tem sido um pouco agitado. Galen fará a cirurgia nas próximas horas. Meu amigo, Jason Andrews, é o médico que vai fazê-la. Acredito que ele fará tudo certo e ajudará Galen a sobreviver. Após a cirurgia, só temos de esperar que ele acorde. Com o trauma na cabeça, não saberemos o dano total até que ele acorde.

— Oh, meu Deus. Sinto muito que você esteja passando por isso. Estive ao lado de Galen desde que ele era bebê. Amo esse menino como se ele fosse meu — chorou.

— Eu sei que sim. Temos que acreditar que ele vai ficar bem. Aconteceu alguma coisa no escritório? Preciso ligar para alguém? —

perguntei a ela.

— Oh, não, querida, está tudo sob controle. No entanto, os construtores ligaram ontem pedindo a planta da cabana. Eu não sabia o que dizer a eles, então eu disse que entraria em contato em breve.

— Ligue de volta e diga-lhes que eles terão a planta o mais rápido possível. Algumas mudanças terão que ser feitas.

As mudanças chocariam Galen quando ele as visse, mas seria uma surpresa que ele certamente amaria. Seria o presente de Natal perfeito.

— Parece bom, Korinne. Só quero que saiba que estamos todos pensando em vocês aqui.

— Obrigada, Rebecca. Entrarei em contato em breve.

Quando desliguei, Brady e Elizabeth saíram do quarto de Galen.

— É a sua vez — disse Brady.

Entrei no quarto e esperava que ele estivesse melhor, mas ele ainda parecia o mesmo... estático e ausente. Eu realmente não sabia o que estava esperando, mas sabia que estava aguardando. Esperançosamente, assim que reduzissem a sedação, ele acordaria facilmente. Se ficasse em coma por mais de duas semanas, a situação se tornaria terrível. Não queria imaginar o que aconteceria se ele não acordasse durante esse período de duas semanas.

— Ei, querido — eu disse, aproximando-me da cama. Pairei sobre ele e beijei seus lábios secos e rachados. — É melhor acordar, Galen. Depois de tudo isso, é melhor acordar. Tenho tanto para te dizer, e você não vai acreditar em todas as coisas que aconteceram.

Fiz uma pausa e apenas olhei-o, imaginando como seu rosto ficaria quando eu lhe dissesse que estava grávida. Passando a mão na minha barriga, as lágrimas começaram a cair, mas eram boas lágrimas.

— Você vai adorar a surpresa. Acredite em mim, foi definitivamente um choque quando descobri. Eu tenho o galo na cabeça para provar. — Eu ri.

— Senhora Matthews? — uma voz suave disse vindo da porta.

A enfermeira era uma mulher baixa com cabelo longo castanho

puxado para trás em um rabo de cavalo e parecia estar em seus 30 e tantos anos.

Quando a notei, ela se aproximou de mim e estendeu a mão.

— Eu sou Sarah. Vou auxiliar o Dr. Andrews com a cirurgia do Sr. Matthews. Eu costumava ajudar o seu falecido marido, Dr. Anders, também.

Apertei sua mão e sorri.

— Eu sou Korinne, e é bom conhecer você. Sabe, eu me lembro de Carson falando de uma enfermeira com o seu nome. Ele sempre me disse como gostava de trabalhar com ela e como ela era excelente com os pacientes. Deve ter sido de você que ele estava falando.

— Sério? — perguntou ela. De seus olhos brotaram lágrimas, mas ela as enxugou. — Ele era o médico mais amável com quem eu já tinha trabalhado. Trabalhei com ele na última noite dele aqui. Não sei se isso ultrapassa os limites, mas pensei que gostaria de saber disso. Você quer saber o que ele me disse antes de ir?

Sentei lá, congelada, minha boca aberta. Podia sentir a queimadura formigando atrás dos meus olhos, tornando-os lacrimejantes novamente. Balancei a cabeça para Sarah, curiosa para saber os últimos pensamentos do meu Carson antes de ele deixar o hospital naquela manhã pavorosa.

— Por favor — eu disse suavemente. — Eu adoraria saber.

Ela enxugou mais lágrimas antes de decidir falar.

— Ele disse que não importava o que acontecesse aqui, ou quantos pacientes ele perdesse ou não pudesse salvar, havia sempre uma luz que as pessoas tinham de seguir. No final do dia, você era a sua luz. Ele disse que iria segui-la, não importasse onde você estava e qual era o lugar onde a sua luz estivesse.

Eu chorei.

— Esse era o meu Carson, sempre poético. Obrigada por me dizer isso, Sarah. Significa muito saber o que ele pensava de mim.

Ela fungou.

— Sinto muito por falar sobre o Dr. Anders nesta situação, mas eu realmente queria que você soubesse. — Ela parou para recuperar a compostura antes de falar novamente. — Agora, preciso dizer-lhe sobre o Sr. Matthews. Eu só queria que soubesse que estamos prestes a prepará-lo para a cirurgia. Todo o processo levará cerca de cinco horas, talvez mais, dependendo se existirem quaisquer complicações. Você tem alguma dúvida ou preocupação?

— Não, acho que estou bem — murmurei, olhando para Galen.

Sarah colocou a mão no meu ombro, e eu levantei meu olhar para ela.

— Nós vamos cuidar bem dele.

— Eu sei que vão. Só sei que ele nunca mais será o mesmo depois disso.

— Isso é verdade, mas pelo menos vocês vão ter um ao outro, certo? — ela falou com um sorriso no rosto.

Eu ri.

— Ele pode discordar disso algum dia. Quanto tempo até você o levar para a cirurgia?

Sarah olhou para o relógio.

— Todo mundo vai estar aqui em cerca de cinco minutos para levá-lo. Certifique-se de descansar um pouco e pegar algo para comer.

— Eu vou.

Sorri. Ela saiu e eu tinha apenas quatro minutos para dizer o meu adeus. Abaixei-me para beijar Galen novamente nos lábios e permaneci ali, desejando que seus lábios respondessem.

— Eu te amo. Por favor, volte para mim — murmurei. Lentamente saindo do quarto, meu olhar nunca deixou sua forma estática quando saí e me virei para ir embora.

— Agora, por que estava com tanta pressa para chegar em casa? Temos cinco horas até Galen sair da cirurgia. Acho que temos tempo de sobra — Jenna disse sarcasticamente.

— Há algo que preciso fazer, e sabia que não poderia descansar até lá.

— Interessante, e o que sente que tem que fazer? Você precisa descansar, ou se esqueceu disso? — ela me repreendeu.

Revirei os olhos para ela.

— Eu sei, mas posso descansar enquanto trabalho no que preciso fazer.

Jenna jogou as mãos para o ar e, sendo a mãe coruja que era, ela não podia deixar de me criticar.

— Tudo bem, faça-o. Vou pegar alguma coisa para comer e, enquanto estamos aqui, você precisa tomar um banho.

— Sim, mãe. — Eu ri.

— Sem Galen aqui, alguém tem que te manter na linha — ela brincou.

Jenna foi para a cozinha enquanto eu procurava a planta no escritório de Galen. Encontrei-a em sua mesa, ainda com a etiqueta vermelha no topo. Levei-a para a cozinha e comecei a trabalhar nela enquanto Jenna se ocupava cozinhando. Galen e eu terminamos o layout juntos, e eu assisti-o enquanto ele desenhava todos os diferentes componentes de cada quarto da cabana. Eu sabia que podia mudá-lo, e que Galen iria adorar.

O aroma de especiarias que vinha da cozinha flutuou em meu nariz e fez minha boca se encher de água. Jenna terminou, e não demorou muito para que trouxesse dois pratos de comida e colocasse um na minha frente. Meu estômago roncou e eu suspirei.

— Não percebi o quanto estava com fome ou o quanto senti falta de comida de verdade.

— Hã, talvez seja porque você mal tem comido em dois dias? Sei que é porque esteve doente, então não vou te castigar, mas bolachas e pasta de amendoim não podem satisfazê-la por muito tempo.

— Ainda estou com náusea, mas agora que sei o que a torna mais suportável. Não me incomoda tanto — revelei a ela.

Jenna deu uma garfada na comida e olhou para o projeto ao lado do meu prato.

— Plantas não são minha praia, então o que você fez para mudar isso?

Coloquei o papel mais perto dela para que pudesse vê-lo melhor. Peguei uma garfada do frango com alecrim do meu prato e acabei devorando tudo em questão de minutos, enquanto Jenna estudava o projeto.

— Uau! — exclamou Jenna, parecendo surpresa. Ela empurrou o projeto de volta para mim e sorriu. — O layout parece ótimo. Mal posso esperar para ir ficar com vocês quando a cabana estiver pronta.

— Você deveria ver o terreno onde vai ser construída. Nós temos nossas próprias cachoeiras e tudo. Assim que as vi, sabia que queria você lá, então pode pintá-las para mim.

— Parece incrível. Gostaria muito de ir lá e pintar. Talvez fosse me dar um pouco mais de inspiração — observou ela.

— Você não pintou nada novo? Nenhuma nova galeria querendo o seu trabalho? — perguntei. — Eu estive tão envolvida em minha própria vida que não tinha sequer pensado em perguntar sobre a sua.

— Tive algumas ofertas. Ainda estou esperando concretizarem — Jenna me informou.

— Tenho certeza de que vão, e você sabe como eu sou. Estarei em cada inauguração sua.

— Eu sei, e te amo por isso, Ducky — ela respondeu docemente.

Comemos em silêncio, e não muito tempo depois desmaiei no sofá porque não conseguia manter os olhos abertos por mais tempo. O tempo deve ter voado porque, num minuto, eu estava dormindo e, no outro, Jenna estava balançando meus ombros.

— É hora de ir — Jenna sussurrou para mim. — Passaram-se quase cinco horas. Precisamos voltar para o hospital.

— Ok. — Obedeci e pulei do sofá.

Eu estava bem acordada e pronta para ir; era hora de descobrir o veredito da cirurgia de Galen.

Capítulo Vinte e Dois

Korinne
O jogo de espera

— Alguma notícia? — perguntei quando entrei na sala de espera.

Brady e Elizabeth olharam para mim e balançaram a cabeça. Jenna foi sentar-se ao lado de Brady enquanto sentei perto de Elizabeth.

— Nós não soubemos de nada — Elizabeth disse com tristeza. — Espero que ele esteja indo bem lá dentro.

— Tenho certeza de que vamos ouvir algo em breve — assegurei e, tão logo essas palavras saíram da minha boca, Jason veio caminhando.

Todos nós levantamos e caminhamos até ele rapidamente.

— Tudo correu bem — disse ele e sorriu.

Pulamos de alegria e rimos com entusiasmo.

— Há, no entanto, algumas coisas que precisamos discutir — ele começou em um tom sério. — Após a cirurgia, o paciente normalmente fica no hospital por cerca de cinco dias para ajudar na recuperação, mas, dada esta situação, tudo vai depender de quando ele acordará. Mais uma vez, não sabemos quando isso vai ser. Ele está sendo preparado para ser retirado da UTI, o que significa que poderão vê-lo sempre que quiserem.

— Oh, graças a Deus! — exclamei.

Jason sorriu e continuou a explicar:

— Como você sabe, os transplantes não são sempre perfeitos e, às vezes, eles não dão certo. Normalmente, se o corpo rejeita o rim, vamos ver sinais no início, mas nem sempre é o caso. Pode acontecer daqui a seis meses ou um ano. Ninguém sabe. Estou dizendo isso porque você precisa estar preparada. A maioria dos transplantes de rim tem uma taxa de sobrevivência de cerca de dez anos. Já vi uma pessoa viver mais de vinte e cinco anos com um rim transplantado. Se a falha começa a acontecer, ele terá que fazer diálise ou até mesmo fazer outro transplante.

— E isso será quando eu vou dar-lhe o meu — apontei.

— Droga, Korinne, você está morrendo de vontade de se livrar dos seus rins, não é? — Brady riu.

— Qualquer coisa pelo meu marido — salientei de todo o coração.

— Espero que não chegue a isso — continuou Jason. — Mas, se acontecer, tenho certeza de que o seu rim seria perfeito — disse ele para mim. — Vou pedir para Sarah, minha enfermeira, que venha aqui quando Galen estiver instalado no quarto.

— Obrigada — disse Elizabeth, enquanto Brady apertou sua mão.

— De nada. Estou feliz que esteja tudo dando certo — Jason respondeu.

Fui até Jason e o abracei. Ele era tão parecido com o meu Carson que era assustador. Como eram melhores amigos, acho que era difícil não contagiar um ao outro.

— Obrigada. Estou tão feliz que foi você quem cuidou dele — eu disse suavemente.

— Também estou contente que tenha sido eu. — Ele se inclinou para sussurrar no meu ouvido: — Eu preciso falar com você. Pode vir ao meu consultório?

Saindo de seus braços, olhei para o rosto dele, mas não consegui decifrar suas emoções. Respondendo, hesitante, eu disse:

— Claro. — O que ele ia me dizer que não poderia dizer lá?

Seguindo-o até seu consultório, contemplei tudo em minha mente que ele poderia estar se preparando para me dizer. Não conseguia pensar em nenhum motivo. Uma vez que cheguei, ele abriu a porta e fechou-a atrás de nós.

— Você está me assustando, Jason. O que está acontecendo?

Ele fez sinal para eu sentar enquanto tomou o assento em frente a mim.

— Não é nada ruim, mas pensei que você gostaria de saber o que aconteceu. Eu não queria transmitir esta informação para todos na sala de espera.

— O que foi? — perguntei, curiosa.

Jason respirou fundo e soltou o ar lentamente.

— Como sabe, Galen iria ser colocado em uma lista de espera por um rim.

Eu balancei a cabeça.

— Sim, isso é o que me foi dito, mas então algo aconteceu e isso mudou.

— Correto. — Ele fez uma pausa. — Eu queria dizer-lhe o que aconteceu.

Ao meu olhar interrogativo, ele continuou:

— Ontem, tivemos uma paciente trazida por seu marido dizendo que ela estava reclamando de uma dor de cabeça extrema. Havia desmaiado no carro no caminho para cá e, quando examinamos, era tarde demais. — A angústia em seus olhos era aparente, e foi o mesmo olhar que eu via no rosto de Carson quando perdia um paciente. — Ela morreu de um aneurisma cerebral.

Ofegante, coloquei minha mão sobre a boca.

— Ah, não — chorei. — Então foi assim que conseguiu um rim para Galen?

Jason assentiu.

— Sim. Quando o marido assinou os papéis, ele concordou em nos deixar levar os órgãos. Ela era uma mulher jovem, saudável e, quando eu lhe disse sobre como poderia salvar a vida de outra pessoa, ele estava mais do que disposto a concordar. Não queria que qualquer um passasse pela dor que ele estava sentindo.

Colocando a cabeça nas mãos, eu chorei. Chorei pela perda de outro ser humano, pelo homem que perdeu a esposa, por Galen e por Carson. Meu coração doeu por todos eles. Eu era grata por Galen ter o seu rim, mas meu coração derramou lágrimas pelo outro homem. Eu conhecia sua dor e conhecia sua perda.

— Você pode me dar o nome?

— Sinto muito, Korinne, mas não tenho permissão de dar o nome. Se você quiser, posso dar a ele suas informações. Quando, e *se*, ele estiver pronto para um dia entrar em contato com você, ele pode. Ele está triste agora, e sei que precisa desse tempo para lamentar por sua esposa. Sei que você entende.

— Claro — concordei. — Por favor, diga a ele o quanto estou triste, e também o quanto serei sempre grata por isso.

— Eu vou. — Jason sorriu. — Agora vá ver seu marido. Tenho certeza de que ele vai acordar logo. Tem muito mais para viver agora e ainda não sabe disso.

Sorrindo amplamente, assenti.

— Sim, ele tem.

Deixando o consultório de Jason, secretamente desejei que conhecesse o homem e sua esposa que salvaram a vida de Galen. Talvez um dia eu fosse descobrir, mas, naquele momento, não poderia estar mais agradecida.

Capítulo Vinte e Três

Korinne
Dia de Natal

Duas semanas depois

— Uau! Você tem uma instalação incrível aqui — Sarah disse assim que entrou.

Terminei de colocar o último enfeite na árvore e virei-me para ela.

— Ei, Sarah. Sim, eu estava esperando que estivéssemos em casa para o Natal, mas, infelizmente, não estamos — falei, olhando para a cama onde Galen estava deitado.

Sarah franziu a testa e olhou para Galen.

— Seus números estão bons, no entanto. Os testes estão normais e o transplante parece estar indo bem.

Suspirei.

— Eu sei. Todas as manhãs continuo dizendo que vai ser o dia, mas nunca é.

— Talvez você consiga um milagre de Natal. Afinal, milagres acontecem — acrescentou ela, olhando para minha barriga.

Olhando para baixo, eu sorri.

— Sim, você está certa. Eles acontecem, mas dou crédito total deste pequeno bebê aqui a Galen — eu disse, esfregando minha barriga.

Ainda era reta, mas, em poucos meses, estaria aparecendo. Eu mal podia esperar.

— Vejo que trouxe a árvore e tudo. — Sarah riu.

— Claro. Não poderíamos passar o Natal sem a árvore. Depois do seu aniversário, o dia favorito de Galen é o Natal. Minha mãe ainda fez sua guloseima natalina favorita, na esperança de que acordasse para ela. Eu tenho uma lata inteira delas à espera.

Sarah olhou para mim e sorriu.

— Galen seria louco de não acordar. Mal posso esperar para ele saber sobre o bebê. Embora, quando ele acordar, tenho que admitir que vou ficar triste por vê-lo ir embora. Gosto de falar com você enquanto está aqui.

— Ohh... — eu disse lentamente quando puxei-a para um abraço. — Eu me sinto da mesma forma. Tem sido ótimo ouvir histórias sobre Carson e conhecer você.

— Sinto o mesmo por você — ela respondeu. — Então, onde está todo mundo?

— Todos vão estar de volta em algumas horas. A mãe de Galen se recusou a comer a comida da cafeteria no dia de Natal, então está fazendo o jantar e me trará um prato. Ela também disse que o bebê precisava comer algo saudável.

— Bem, ela está certa. Você sabe como as mães e sogras podem ser agressivas às vezes, mas pelo menos sabe que elas se importam — falou ela para mim. Olhando para o relógio, seus olhos se arregalaram. — Nossa, preciso me apressar. Tenho que ir ou vou me atrasar. Vejo você daqui a pouco?

— Eu vou estar aqui — respondi calorosamente.

Depois que ela se foi, fui me sentar junto à cama de Galen. Toda a gaze tinha sido removida, então ele não se parecia mais como uma múmia. Peguei a mão dele e inclinei-me para beijá-lo suavemente nos lábios.

— Feliz Natal, querido, você não vai acreditar na quantidade de bombons de pasta de amendoim que a minha mãe fez para você. Juro que vai ter uma tonelada delas por semanas. Vou fazer um acordo com você: se acordar, prometo não comer todas.

Esperei para ele brincar comigo, mas ele não o fez. Pegando a lata da mesa, abri-a para revelar a gostosura de chocolate dentro.

— Então me ajude, se acordar depois de elas acabarem, minha mãe nunca vai me deixar em paz — eu disse em voz alta para mim mesma.

O aroma de pasta de amendoim encheu o quarto e eu coloquei-o perto do nariz de Galen, pensando que ele iria acordar.

— Tudo bem, Galen, aqui vai o bombom de pasta de amendoim número um desaparecendo na minha boca. — Coloquei-o na minha boca e gemi o tempo todo que mastiguei. Não deu certo, mas com certeza era gostoso. — Bombom de pasta de amendoim número dois, aqui vai — anunciei, levando-o à boca.

— Você vai ficar doente se comer todo esse chocolate, Korinne — Elizabeth brincou.

Virei-me e sorri enquanto Brady e Jenna entraram carregando caixas enormes.

— Você sabe que meu irmão vai ficar puto se você comer todos os seus bombons de pasta de amendoim — Brady avisou, mas depois começou a rir. — Ah, não ligue, vá em frente. Ele merece depois de nos deixar esperando tanto tempo.

Depois do acidente de Galen, eu tinha chegado à conclusão de que Brady brincava assim para esconder como realmente se sentia. Eu podia ver em seus olhos que ele estava preocupado com o irmão.

— É por isso que eu estava zombando dele, na esperança de que acordasse. — Suspirei.

Jenna se intrometeu e disse:

— Você sabe que sua mãe nunca vai te deixar em paz se ele acordar depois que os bombons acabarem.

— Eu sei. — Ri. — Estava pensando a mesma coisa.

— Que tal jantar e cantar para Galen algumas canções natalinas? — Elizabeth sugeriu. — É Natal, afinal.

— Acho que é uma ótima ideia — murmurei.

As caixas que trouxeram estavam cheias até a borda com comida e presentes. Fiquei congelada, observando-os retirarem o conteúdo.

— Oh, meu Deus. — Eu respirei. — Você trouxe toda a cozinha?

— Eu disse à mamãe que ela estava exagerando — Brady entrou na conversa.

Jenna foi para o lado e acenou com a cabeça nas costas de Elizabeth, concordando com Brady. Sufoquei uma risada, o que nos rendeu uma carranca da mãe de Galen.

— Vocês não podem me dizer que todos preferiam comer a comida do refeitório? — ela perguntou, olhando-nos.

Quando ninguém respondeu, ela sorriu triunfante.

— Foi o que pensei.

Depois que tudo foi tirado das caixas, cada um fez seu prato. O enjoo matinal ainda me atacava às vezes, mas nada poderia me impedir de comer o que estava em minhas mãos.

— O que vamos fazer se ele não acordar? — perguntou Brady.

Todos pararam para olhá-lo, completamente surpresos com a pergunta.

— Quero dizer, há uma possibilidade de que ele não acorde. Só queria saber o que faríamos — afirmou calmamente.

Todos se viraram para olhar para mim, então. Acho que para ver o que eu ia dizer. Olhando-os, eu disse:

— Ele vai acordar. Não posso me dar ao luxo de pensar de outra forma.

— É claro que vai acordar, Ducky, mas não faz mal ter um plano reserva se as coisas não derem certo — Jenna respondeu.

Levantei-me da mesa para ir para o lado da cama de Galen.

— Entendo, mas é Natal. Precisamos comemorar as boas coisas agora e não as más.

Todo mundo sorriu para mim e acenou com a cabeça. O clima foi amenizado por ora, mas eu teria que enfrentar a escolha eventualmente, caso Galen não acordasse.

— Que tal cantar algumas músicas? — sugeri, pensando que talvez isso nos colocasse no espírito de Natal.

Ficamos em torno da cama e cantamos canções natalinas para Galen até que não conseguíamos mais cantar. Até enfermeiras que passaram pelo quarto vieram e cantaram com a gente. Eventualmente, ficou tarde e o cansaço nos atingiu. Nossa esperança de Galen acordar no dia de Natal foi lentamente diminuindo com o passar do tempo. No fundo, pensei que o Natal o acordaria.

— Korinne, querida, estou indo para casa descansar um pouco — disse Elizabeth. — Estarei de volta de manhã. Certifique-se de ligar se alguma coisa mudar.

— Ligarei. Estão todos indo embora?

Jenna me deu um abraço e assentiu.

— Estamos exaustos e você precisa dormir um pouco também.

— Eu sei, mas vou ficar aqui com Galen.

— Nós sabemos — ela sussurrou. — Feliz Natal, Ducky.

— Feliz Natal, Twink.

Uma vez que saíram, me acomodei na poltrona ao lado da cama e cobri-me com um cobertor. Foi assim que dormi nas duas últimas semanas, enrolada na cadeira, segurando a mão do Galen na cama. Na noite de Natal não ia ser diferente. Eu não tinha dormido bem desde o acidente, mas sentada lá, exausta e cansada, caí em um sono profundo e cheio de sonhos.

— O que você está fazendo, amor? — perguntou Galen.

Virando-me abruptamente, vi Galen vindo por trás de mim.

— Oh, meu Deus, Galen! — gritei com entusiasmo.

Corri para ele, que me pegou em seus braços, e eu plantei meus lábios ferozmente nos seus. Ele parecia tão real, tão sólido.

— Você está realmente aqui?

Galen riu e pegou o meu rosto em suas mãos.

SEGUNDA CHANCE PARA O AMOR

— Claro que estou aqui, por que não estaria?

Passei as mãos por seu rosto, braços e barriga. Não havia ataduras, nenhum osso quebrado... nada de errado.

— Você não é real — chorei.

— Amor, você não está fazendo sentido. Estou aqui de pé bem na sua frente. Você está me tocando e eu estou tocando em você. Como eu poderia não ser real?

— Isso é um sonho, Galen. Eu queria sonhar com você por semanas, e agora esta é a minha chance... a minha chance de passar um tempo com você.

Envolvi os braços ao redor da sua cintura e enterrei o rosto em seu peito. Ele cheirava como sempre e o respirei profundamente.

— Por favor, volte para mim, Galen. — As lágrimas caíram mais e colei nele para me manter no sonho com ele.

— Não chore, meu amor. Eu nunca te deixarei.

— Mas você não sabe o que aconteceu — eu disse com tristeza.

Galen levantou meu queixo e me beijou nos lábios, balançando a cabeça.

— Não importa. Prometi-lhe que nunca iria deixá-la e sempre mantenho minhas promessas a você. — Ele levantou a mão e a colocou na minha bochecha.

Erguendo minha mão, entrelacei os dedos nos seus para manter a mão no lugar e saborear todo e qualquer contato enquanto ele estava acordado no meu sonho.

— Eu te amo tanto, Galen.

Ele olhou profundamente em meus olhos e sorriu.

— E eu te amo.

— Korinne, acorde.

— Não, tenho que ficar com Galen. Não posso deixá-lo — eu disse em voz alta com os olhos ainda fechados.

Eu queria desesperadamente voltar ao sonho. A nebulosidade tinha começado a se dispersar e meus olhos se abriram.

L.P. DOVER

— Um sonho, era tudo um sonho — sussurrei.

— Korinne. — O som do meu nome me congelou. A voz era dolorosamente familiar, e era uma que eu não tinha ouvido em semanas.

Dando um suspiro de alívio, fechei os olhos e perguntei:

— Você é real? — Esperei por alguns segundos e então ouvi a voz novamente. Certamente não poderia estar delirando.

— Vamos ver. Estou no hospital com dois gessos e algumas costelas quebradas. Só sei sobre as costelas porque doem pra caramba quando tento respirar. Embora me sinta um pouco confuso. Devem ser os analgésicos.

O aperto na minha mão aumentou, e eu ofeguei. Meus olhos foram para a cama, e lá estava ele, um sorridente e bem acordado Galen. Fiquei de pé em um segundo e cobri-o de beijos, abraços e amor.

— Talvez eu devesse me machucar mais vezes — murmurou contra os meus lábios.

— Isso não é engraçado — argumentei. — Fiquei muito assustada.

— O que aconteceu comigo? — perguntou, parecendo confuso. — Lembro-me do carro e só isso.

Sua voz soou seca, então servi-lhe um copo de água.

— Aqui, beba isso — eu disse, segurando o copo para ele.

— Obrigado.

— Você esteve em coma por cerca de três semanas. Por isso, a árvore de Natal — respondi, apontando para a árvore.

— Como está a minha família?

Olhei para o relógio e sorri. Faltavam apenas trinta minutos para a meia-noite. Gemi e baixei a cabeça, pensando em como minha mãe ia com certeza me provocar.

— O que foi?

— Bem, em primeiro lugar, a sua família está bem. Na verdade, eles saíram não faz muito tempo. Eu fiquei aqui todas as noites desde que você saiu da UTI. Minha mãe, no entanto, nunca vai me deixar esquecer este dia.

— Por quê? — ele perguntou, curioso.

— Você vê aquela lata ali? — eu disse, apontando para a lata vermelha de Papai Noel sobre a mesa. — Bem, ela está cheia da sua guloseima favorita de Natal da minha mãe.

— Essa coisa toda está cheia de bombons de pasta de amendoim? — questionou com admiração.

Seus olhos estavam tão arregalados quanto poderiam, e não pude deixar de rir.

— Sim, bem, de qualquer maneira, minha mãe tentou dizer que você acordaria se ela os fizesse para você. Na verdade, tentei subornar você com eles.

— Tentou? — Tentou rir, mas agarrou a lateral, sibilando de dor.

— Talvez você não devesse rir — salientei.

— Sim, é uma má ideia — ele grunhiu. — Estou curioso, porém, para saber como você me subornou.

Sorri e virei a cabeça.

— Eu disse que iria comer todos, se você não acordasse.

— Você poderia tê-los todos e eu não me importaria. Posso ter estado inconsciente, mas sei que senti sua falta. Eu posso sentir isso — admitiu suavemente. — Oh, Kori, sinto muito. Eu não deveria ter pego a moto. Não deveria...

Colocando os dedos sobre seus lábios, balancei a cabeça e o cortei.

— Sou eu quem precisa se desculpar. Se não estivesse doente, você não teria saído para comprar remédio.

— Eu não podia suportar vê-la sofrer. — Uma lágrima escapou do canto de seu olho, e eu a sequei.

— Estou bem agora. Você não tem nada para se preocupar.

— Que danos eu sofri? — perguntou, cansado.

— Oh, meu amor, acho que você passou por tudo. Teve um ferimento na cabeça que te deixou em coma. Quebrou a perna, o braço e três costelas, tudo no seu lado direito. Sua perna terá algumas cicatrizes do atrito da estrada e, por último, precisou de um transplante de rim.

L.P. DOVER

Inspirei fundo e deixei-a sair rapidamente. Era muito para dizer em uma respiração.

Galen me encarou com surpresa.

— Uau! Acho que tenho sorte.

— Eu não chamaria nada disso de sorte — murmurei.

— Não estava me referindo a isso. Estava dizendo que tive sorte por conseguir um rim tão rápido. A maioria das pessoas tem que esperar, não é?

— Sim, mas o seu veio de surpresa — confessei.

— Como assim?

Quando as lágrimas começaram a se formar em meus olhos, seu rosto ficou triste e ele começou a parecer com raiva.

— Korinne, você não fez, não é? Por favor, me diga que não recebi seu rim.

Levantei nossas mãos entrelaçadas e coloquei um dedo sobre seus lábios.

— Eu ia te dar um dos meus rins, mas não deu certo.

— Graças a Deus. — Ele suspirou.

Dei-lhe um olhar raivoso, mas ele se esquivou.

— Sinto muito, eu não deveria ter dito isso. Então, de quem recebi? Não pode ter sido minha mãe ou meu irmão. Foi de Jenna?

— Não — eu disse, balançando a cabeça.

— Então quem?

Respirando fundo, suspirei.

— Uma mulher faleceu algumas semanas atrás. Ela morreu enquanto você estava aqui, e aconteceu de ser seu mesmo tipo de sangue. O marido dela deu a permissão ao hospital para te dar o rim.

Ele abriu a boca para falar e, em seguida, fechou-a. Fez isso algumas vezes até que finalmente conseguiu pronunciar as palavras.

— Oh, uau, não posso imaginar o quanto deve ter sido difícil para ele.

— Eu sei — chorei.

— Você conhecia a mulher ou seu marido?

Balançando a cabeça, eu disse:

— Não, Jason não quis me contar. Eu disse a ele para dar ao marido minhas informações para que eu pudesse falar com ele algum dia, mas duvido que vá ligar.

Galen deu de ombros.

— Provavelmente, não, mas seria bom lhe dizer como somos gratos. Eu gostaria de agradecê-lo. Então, quem é esse Jason do qual você está falando?

Sorri.

— Jason Andrews é o seu médico e cirurgião. Ele fez duas cirurgias, a do seu crânio e a do rim. Ele costumava ser também um dos meus bons amigos. Você vai conhecê-lo em breve.

Ficamos em silêncio por um segundo, enquanto Galen parecia estar contemplando alguma coisa.

— Você teria realmente me dado o seu rim?

— Claro. Você teria feito o mesmo por mim, não é? — perguntei, incrédula.

— Num piscar de olhos. Então, por que não puderam usar o seu? Pensei que tínhamos o mesmo tipo de sangue.

— Temos. — Sorri. — Mas havia uma razão para isso. — Soltei suas mãos e me aproximei para pegar o projeto de debaixo da árvore de Natal pequena.

— O que está fazendo? — Ele sorriu.

— Estou dando-lhe seu presente... Feliz Natal! — gritei e entreguei-lhe o projeto.

— Oh, não, nós deveríamos ter entregado isso aos construtores semanas atrás — gemeu.

— Está tudo bem. Tive que fazer algumas mudanças — eu lhe assegurei.

Ele estreitou os olhos e disse:

— Mas pensei que tivéssemos terminado.

— Sim.

Eu não disse mais nada depois disso porque estava muito animada em vê-lo desenrolar a planta. Ele ia encontrar uma grande surpresa dentro.

Quando foi completamente desenrolada, a imagem gravada no interior chamou sua atenção. Ele tirou a foto e estreitou os olhos para o layout. Olhando para tudo, ele parecia confuso.

— Estamos adotando? — perguntou, olhando para mim. — Eu juro que esse espaço extra diz que vai ser um berçário.

Sorri.

— Não, nós não estamos adotando.

— Então por que precisamos de um berçário? Esta imagem é de um bebê, certo? Ou, pelo menos, parece com um — brincou.

Peguei o ultrassom e coloquei-o sobre a minha barriga, olhando para o que era a imagem do nosso filho. Quando olhei para cima, Galen tinha lágrimas nos olhos.

— Por favor, me diga que isso é verdade — ele chorou.

Balancei a cabeça, empolgada.

— É verdade, Galen.

Ele estendeu os braços e eu me inclinei gentilmente sobre ele.

— Eu faria qualquer coisa para ser capaz de te abraçar agora. Não acredito que teremos um bebê. Você não tem ideia do quanto isso me deixa feliz.

— Acredite em mim, eu sei. Não parecia real no início, mas é. Você deu este milagre para mim. — Eu solucei de todo o coração.

— Não, meu amor, nós demos um ao outro.

Nos abraçamos, chorando e rindo durante horas até o sol surgir brilhando através das cortinas. Um novo amanhecer e um novo começo era o que estava nos planos para nós.

— Acho que devemos chamar a sua família agora — sugeri. — Espero que não fiquem com raiva por não termos ligado assim que você acordou.

— Sim, temos que chamá-los. Tenho certeza de que vão entender por que não ligamos mais cedo. Precisávamos desse tempo juntos. — Quando eu estava prestes a pegar o telefone para ligar, Galen me parou. — Eu te amo, Korinne. Eu teria lutado até o fim dos tempos para voltar para você.

— Sei que teria, mas você está aqui agora, e temos tantas novas experiências que precisamos compartilhar um com o outro... — Parei para olhar em seus olhos azuis brilhantes, olhos que senti falta de ver por tanto tempo. — E eu te amo. Agora que cumpriu sua promessa de voltar para mim, parece que está preso a mim... *e* a nosso filho.

Galen sorriu.

— Eu acho que posso viver com isso.

Capítulo Vinte e Quatro

Galen
Tempo de recuperação

Não lembro muito sobre o coma. Era como se eu estivesse em um vazio, nem aqui nem lá. Era como uma passagem do tempo onde eu era inexistente, e nem mesmo uma parte do mundo. Dez meses se passaram, e meu corpo está apenas começando a se sentir normal. Ouvir as consequências foi realmente assustador. Não saber quanto tempo meu rim vai durar foi o pior. Eu queria viver, e queria estar lá para Korinne e o bebê.

Minha terapia veio de Korinne e minha menininha. Olhar para elas todos os dias me lembrava de como eu precisava passar pelos obstáculos e aguentar a dor. Minha perna ainda doía de vez em quando, mas era tolerável. Manquei por alguns meses até que recuperei a força nos músculos. Vendi minha outra moto e prometi a Korinne que nunca iria pilotar novamente. Agora que tinha uma família minha, não poderia arriscar me machucar.

Nossa filha tinha quase três meses de idade e a chamamos de Anna. Quando Korinne entrou em trabalho de parto no meio da noite, ainda não tínhamos ideia do nome que daríamos a ela. Eu estava tão em êxtase por ter um filho que poderíamos ter chamado de qualquer coisa e eu estaria feliz. Depois que ela nasceu e a vimos pela primeira vez, o nome meio que surgiu. Parecia certo, por isso, a nomeamos Anna Grace Matthews em homenagem às nossas mães. Pegamos cada um de seus nomes do meio e os combinamos. Elas ficaram em êxtase quando descobriram. Fora Korinne, Anna era a garota mais bonita que eu já vira. Ela tinha cachos loiros e olhos azuis brilhantes e, quando ela sorriu pela primeira vez para mim, fui arrebatado. Então, agora tenho duas mulheres que mimo o tempo todo.

Voltei a trabalhar com bastante rapidez depois de sair do hospital. O nome de Korinne ainda estava em ascensão, e ela ficou superocupada até que nossa filha nasceu. Anna agora tinha seu próprio cantinho do berçário em nosso escritório. Não preciso dizer que o sexo no escritório foi colocado em espera por um tempo. Na maioria dos dias, estávamos exaustos demais para sequer pensar nisso.

— Sr. Matthews? — Rebecca disse ao colocar a cabeça pela porta.

Olhei para cima e sorri.

— O quê, sem interfone hoje?

Ela abriu a porta completamente e riu.

— Estou muito acostumada a não o usar agora, já que o bebê fica aqui às vezes.

— Sim, Korinne tirou o dia de folga para passar com seus pais. Eles estão na cidade para ver o bebê.

— Ah, que bom. Sei que ela não consegue ver muito sua família. Aposto que eles estão loucos por aquela menina de vocês. Ela é tão adorável — Rebecca balbuciou.

— Sim, ela é — respondi enquanto sorria para a foto de bebê de Anna sobre a mesa.

— Vim para lhe dizer que Jenna está no telefone. Ela disse que tentou ligar para o seu celular, mas não conseguiu por algum motivo.

— Por que será que ela está ligando? Que linha é?

— Linha dois — ela disse e fechou a porta.

Peguei o telefone e pressionei a linha dois.

— Jenna?

— Oi, Galen, como você está? — ela respondeu nervosamente.

— Estou bem, e você?

— Bem. — Ela fez uma pausa. — Nós temos um problema, ou talvez não exatamente um problema, mas de uma maneira que eu acho que é se...

— Pare de balbuciar e me diga — interrompi.

— Você sabe que eu deveria esconder a pintura para você até o aniversário, certo?

— Sim — gemi, sabendo que algo estava errado. — O que há de errado com isso?

— Ela não está aqui — ela deixou escapar.

— O que quer dizer com não está aí?

— Tenho algo para lhe dizer e sei que o aniversário será apenas daqui a algumas semanas, mas você precisa ouvir isso — ela disse, emocionada.

Capítulo Vinte e Cinco

Korinne
Aniversário de um ano

Ter uma boa noite de sono parecia incrível. Fazia um tempo desde que fui capaz de dormir durante toda a noite. Nossa cabana foi concluída alguns meses atrás, então Galen e eu tínhamos decidido passar nossa semana de aniversário lá. Eu mal podia esperar até que pudesse me mudar para as montanhas permanentemente. Quando Galen abriu os olhos, passei os braços em torno de sua cintura.

— É ruim eu gostar de dormir? — perguntei, abafando um bocejo.

Galen piscou algumas vezes e se virou para mim.

— Não, não é ruim. Eu gostei também.

— Foi bom sua mãe levar o bebê para passar o fim de semana.

— Minha mãe ficaria com Anna todos os dias, se lhe pedíssemos. Ela só teve meninos, de modo que estar com uma menina é o paraíso para ela. Você sabe que ela quer se mudar para cá, para perto de nós, quando nos mudarmos.

— Posso entender isso. Ela vai ficar sozinha em Charlotte se não o fizer. Nós também teríamos uma babá, se ela se mudasse para cá. — Eu sorri.

Galen riu.

— Sim, teríamos.

— Então, qual é a grande surpresa para esta noite? — perguntei. —

Confesso que não consegui descobrir. Pela primeira vez na minha vida, admito que falhei.

Galen brincou.

— Te mata não saber, não é?

— Você não tem ideia.

Olhando para o relógio, Galen suspirou.

— Bem, já que dormimos até o meio-dia, precisamos começar a nos preparar.

— É, acho que você está certo. Vai ser bom tomar um longo banho quente sem interrupção.

Os olhos de Galen brilharam com a luz e ele mordeu o lábio sedutoramente.

— Sabe, não temos que sair por mais três horas. Que tal eu acompanhá-la no chuveiro?

— Você não teve o suficiente na noite passada? — perguntei, mordendo meu lábio também.

Ele balançou a cabeça.

— Nunca vou me cansar de você.

Passei um dedo sobre seu nu e trabalhado peito até a minha mão deslizar sob as cobertas para a dureza de sua virilha. Provocando-o, corri a mão para cima e para baixo algumas vezes antes de pular da cama e me dirigir para o chuveiro, rindo por todo o caminho.

— Provocadora! — ele gritou.

Deixei a água em uma temperatura agradável e quente e entrei no chuveiro, esperando que ele se juntasse a mim. Apenas alguns segundos depois, ele entrou no banheiro e pude ver sua forma nua embaçada através da vidraça do chuveiro. Abrindo a porta, ele estava lá, todo glorioso com seu pau duro apontando para cima. Mordi o lábio e dei-lhe mais espaço para entrar. A água caía e brilhava sobre o corpo de Galen, o que achei incrivelmente sexy. Eu não sabia o que havia em pele molhada que parecia tão atraente, mas, naquele momento, eu estava molhada e pronta.

— Nós não fazemos sexo no banho há muito tempo — ele murmurou em um tom profundo e rouco de voz.

— Eu sei. Acho que a última vez foi na nossa lua de mel — admiti.

— Talvez seja necessário mudar isso — ele rosnou antes de reivindicar meus lábios.

Deixou meus lábios e foi direto para os meus seios. Chupando um mamilo, ele deslizou os dedos para o meu núcleo e me penetrou suavemente, ficando mais rápido com cada impulso. Gemi e coloquei as mãos nas paredes do chuveiro para manter o equilíbrio. Meus joelhos ficaram fracos e não sabia quanto tempo eu ia durar. Quando Galen soltou meu seio, foi para o pescoço, beijando ao longo do caminho. Ele me virou para minhas costas apoiarem em seu corpo, e me empurrou contra a parede do chuveiro, firme e cheio de paixão.

— Você é tão sexy — ele sussurrou em meu ouvido por trás.

Inclinei-me contra a parede do chuveiro e abri as pernas, pronta para ele me levar. Seu pênis estava muito duro contra a minha bunda, e eu ansiava por senti-lo dentro de mim.

— Agora quem está provocando? — perguntei.

Gemendo no meu ouvido, ele mordiscou minha orelha. Suas mãos foram até a frente do meu corpo; uma massageando meu peito enquanto a outra esfregava minha protuberância. Eu gemia com o prazer imenso e me abri ainda mais para ele me levar. Quando o senti se aproximando, sabia que era a hora. Ele empurrou profundamente e me deu tudo o que tinha, me alongando e enchendo ao ponto de quase doer, mas um bom tipo de dor. Seus dedos se moveram em sintonia com seus impulsos, me dando o máximo de prazer.

— Você é ótima — Galen gemeu. — Toda apertada e quente em volta do meu pau.

— Assim como você — sussurrei sem fôlego.

Eu podia me sentir perto pela forma como me contraía. Galen me agarrou mais firme em todo o peito e me puxou para mais perto enquanto bombeava mais forte, ficando mais perto de terminar.

— Oh, meu Deus, Galen, não consigo aguentar por mais tempo! —

gritei em êxtase.

— Oh, porra — ele gemeu no meu ouvido.

O orgasmo veio rapidamente e balançou meu corpo, enquanto Galen me penetrava. Ficamos ali por alguns segundos para permitir que a água quente nos relaxasse e para recuperarmos o fôlego. Galen saiu delicadamente e me virei. Seus lindos olhos azuis olharam para os meus e ele sorriu.

— Isso foi incrível.

— Sempre é — falei antes de beijar seus lábios molhados. — Feliz aniversário, Galen.

Uma vez que entramos no carro e fomos embora, passei a maior parte do tempo tentando adivinhar aonde Galen estava me levando.

— Estamos indo para Biltmore House? — perguntei quando vi o sinal de Asheville.

Galen revirou os olhos.

— Você é implacável, sabia? Não, nós não estamos indo para Biltmore House.

— Já estou cansando você? — provoquei, balançando as sobrancelhas.

— Não, por mim, pode continuar tentando adivinhar, porque não vou te dizer. Além disso, estamos quase lá. Tenho certeza de que pode esperar mais alguns minutos — falou com um sorriso no rosto.

Quando Galen entrou no estacionamento do nosso destino, eu estava animada em ver que estávamos em um dos museus de arte mais gloriosos de Asheville.

— Galen, isso é perfeito. — Suspirei feliz.

— Espere até entrarmos — respondeu com um brilho nos olhos.

— Ah, você está armando alguma coisa.

Ele riu e pegou minha mão.

— Eu? Armando alguma coisa? Nunca.

Ele me levou pelas escadas até a porta do museu e fiquei chocada ao ver que, dentro do lobby, estavam Jenna e Brady. *O que estavam fazendo lá?*, pensei. Fizeram sinal para nos juntarmos a eles assim que abrimos a porta e entramos.

Depois de puxar Jenna para um abraço, perguntei:

— O que vocês estão fazendo aqui?

— Estamos aqui para bombar no aniversário de vocês — Brady brincou, rindo.

Sorri.

— Isso não me surpreende.

— Não dê ouvidos a ele — Jenna sussurrou no meu ouvido.

— Eles estão aqui porque os convidei — Galen admitiu. — Como nos apresentaram na faculdade, pensei que deveriam estar aqui no nosso aniversário.

— Gostei da ideia — concordei. — Mal posso esperar para ver o que temos aqui.

— Ouvi dizer que algumas novas peças acabaram de chegar — Brady informou-nos com um leve sorriso no rosto.

Antes que eu pudesse perguntar o que ele estava dizendo, Jenna assumiu.

— Vamos entrar? — disse ela, abrindo caminho para o museu.

Galen pegou minha mão e nós seguimos.

— Não temos que pagar? — perguntei quando caminhamos além da mesa de admissão. Jenna acenou para o homem atrás do balcão, que sorriu e permitiu a entrada.

— Não, já resolvi isso, Ducky.

Apertei seu ombro.

— Você não tinha que fazer isso, mas foi muito doce. Obrigada.

Ela sorriu para mim, então ela e Brady foram em outra direção. Tinha certeza de que os alcançaria depois. Assim que virei a esquina, meus olhos se iluminaram, maravilhados. Quando se é fanático por arte como eu, era difícil não ficar arrepiado ao ver tudo isso diante de você, especialmente sendo em um museu onde você nunca esteve antes e, neste caso, eu estava tremendo de tão arrepiada.

— Uau — sussurrei.

— Exatamente — Galen concordou.

Ele gostava de arte, mas não tanto quanto eu. Galen segurou minha mão conforme andamos em silêncio pelo museu. Nada jamais superaria o nosso encontro com jantar no museu, mas este eu também nunca esqueceria. Duas horas se passaram e ainda não tínhamos terminado de explorar as maravilhas da arte. Gostaria de ficar nesses museus por horas, se deixassem.

— Temos uma exposição à esquerda — Galen disse suavemente.

— É tudo incrível. Eu não quero ir embora. — Suspirei.

Ele riu.

— Nós podemos sempre voltar, amor. Tenho certeza de que, uma vez que você vir a sua surpresa, vai querer voltar aqui muitas vezes.

— Que tipo de surpresa haveria para mim em uma exposição?

— Você vai ver. — Ele sorriu generosamente para mim.

Corremos para a última exibição e, assim que entramos na sala, não só as pinturas pareciam familiares, mas uma estava pendurada acima do resto. Ela me atraía, e eu não conseguia tirar os olhos dela. Andei em sua direção, lentamente, nada existindo, exceto Galen, eu e a pintura. As lágrimas se formaram, e deixei-as cair sem vergonha. A memória daquele dia capturada na tela diante de mim voltou com força total.

— Oh, meu... — chorei.

As lágrimas lentamente fluíram pelo meu rosto e eu olhava fascinada para as duas pessoas na pintura. Galen envolveu os braços em volta de mim.

— É lindo, não é? — ele sussurrou baixinho no meu ouvido.

Balancei a cabeça levemente e coloquei a mão sobre a boca para segurar o soluço.

— Como? — perguntei, levantando o olhar para ele.

Ele sorriu.

— Era para ser um presente de aniversário para colocar na nossa casa, mas...

— Mas eu estraguei tudo e ela acabou aqui. — Jenna suspirou atrás de mim.

Galen sorriu e interrompeu:

— Mas, quando descobri que eles realmente a queriam aqui, eu disse a Jenna para deixar.

Jenna veio até mim e explicou:

— Aparentemente, eu a guardei com minhas pinturas que estavam para ser entregues aqui. A diretora me chamou e disse que se apaixonou por sua pintura. Eu não tinha ideia de qual ela estava falando até que percebi que tinha perdido a sua e a enviado para cá. Sinto muito, mas você tem que admitir que fica bem lá em cima.

Cheguei o mais perto que pude da pintura, com vontade de tocá-la. A placa dourada debaixo tinha as palavras "Segundas Chances" gravadas nela. Aquilo me fez explodir em lágrimas. A pintura era de mim e Galen no prado onde fazíamos nossos piqueniques na faculdade. Era um lugar bonito, florido, tanto quanto você podia ver, e muito, muito calmo. Nós sempre éramos os únicos lá quando íamos, e tornou-se o nosso refúgio, um lugar que só nós compartilhávamos juntos.

Enquanto olhava para as expressões em nossos rostos na pintura, eu podia sentir as emoções se derramando dela. Estávamos sentados na traseira da Azulona, cada um com uma perna pendendo, enquanto nos encarávamos, de mãos dadas. Era o dia e o momento exatos quando Galen e eu dissemos "eu te amo" um ao outro pela primeira vez. Foi no mesmo dia em que fizemos amor na chuva. Jenna tinha feito até as nuvens de tempestade passando na pintura. Era perfeito... muito mais que perfeito.

— Como você capturou tão bem? — perguntei.

Jenna sacudiu a cabeça, incrédula.

— Posso não ter estado lá, mas me lembro do jeito que você ficava quando vocês dois estavam juntos. É a mesma maneira que olham um para o outro agora. Além disso, seu marido descreveu esse momento com todos os detalhes para mim.

Galen sorriu quando o olhei nos olhos. Ele sussurrou para mim:

— Foi um momento que eu sabia que nunca iria esquecer.

— E um momento que eu também nunca esqueci — murmurei suavemente de volta para ele.

— Pedi para Jenna chamar de "Segundas Chances". Achei que era apropriado, dadas as nossas circunstâncias. — Ele fez uma pausa para tomar o meu rosto em suas mãos, e eu levantei as minhas para colocar sobre as suas, entrelaçando-as. — Eu tive uma segunda chance na vida, meu amor — ele chorou baixinho.

Ele tinha começado a inclinar a cabeça para baixo, então inclinei a minha para trás para receber o beijo que ele estava prestes a dar-me. Antes de nossos lábios se tocarem, parei para dizer mais uma coisa a ele antes de selar a nossa noite com um beijo. Eram palavras que vinham direto do meu coração e alma, e de todas as fibras do meu ser. Seus olhos azuis focaram atentamente nos meus quando eu disse:

— E eu tive uma segunda chance no amor. Você me deu amor, uma família e uma nova vida. Você vai ser *meu* para sempre.

Ele sorriu e sussurrou em meus lábios:

— Sempre.

Agradecimentos

Antes de mais nada, quero agradecer aos leitores por seu apoio e compreensão. Meus livros não iriam a lugar algum sem vocês, e não acho que há alguma maneira de eu poder agradecer o suficiente. Também não seria capaz de seguir o meu sonho se não fosse pelo meu marido, Matt. Ele esteve ao meu lado e realmente ajudou com ideias para *Segunda chance para o amor*. Amanda, tenho que agradecer por apresentá-lo para mim. Eu também quero agradecer às minhas filhas por serem pacientes comigo. Amo muito vocês, meninas.

Quero agradecer aos meus colegas autores independentes por estarem sempre me apoiando. Passei a apreciar todos e cada um de vós, e muitos de vocês se transformaram em amigos muito próximos. Jenna, você é a melhor, e ter você ao meu lado nas coisas boas e más ficou gravado no meu coração. Não sei o que eu faria sem você. Definitivamente, não posso esquecer da minha louca amiga, Kymberlee. Quero agradecer-lhe por me ajudar em meus momentos difíceis e por sempre estar ao meu lado. Aprecio isso e estou muito feliz por te ter para me guiar.

Amber, você sempre foi uma das minhas maiores apoiadoras e veio em meu auxílio. Tenho sorte de ter te conhecido. Por último, mas não menos importante, meu amigo, Jimie. Você foi o melhor e fez muito por mim, nunca pedindo nada em troca. Você tem um coração maravilhoso e sempre foi capaz de me fazer sorrir.

Entre em nosso site e viaje no nosso mundo literário.
Lá você vai encontrar todos os nossos
títulos, autores, lançamentos e novidades.
Acesse www.editoracharme.com.br

Além do site, você pode nos encontrar em
nossas redes sociais.

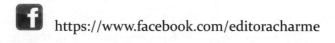 https://www.facebook.com/editoracharme

 https://twitter.com/editoracharme

 http://instagram.com/editoracharme